Ne peut-on ſans la Mort punir les Criminels!

LE CODE
DE
LA NATURE,

POËME DE CONFUCIUS,

Traduit & commenté par le Père PARENNIN.

A LONDRES;
Et se trouve A PARIS,
Chez LEROY, Libraire, rue Saint-Jacques, vis-à-vis celle de la Parcheminerie.

M. DCC. LXXXVIII.

AVERTISSEMENT.

ON ne doit pas oublier qu'il n'eſt queſtion dans cet Ouvrage que du bonheur temporel, auquel ſeul la morale calculée eſt applicable. Si des ames faibles étaient effarouchées de quelques idées qui pourraient leur paraître hardies, on les renvoie au Commentaire, qui les calmera entiérement. L'Editeur reſpecte, ainſi qu'il le doit, la Religion & ſes Miniſtres. Il réclame contre toute interprétation, application quelconque. Il eſpère que les gens de bien lui ſauront gré d'avoir mis au jour cet Opuſcule d'un homme que l'humamanité doit regretter. Cette ſcience de ſoumettre au calcul l'art d'être heureux, n'eſt que le développement de cette morale vraiment céleſte, qui donne un appui ſi cher à la Religion. Elle était néceſſaire à un peuple qui n'avait pas le bonheur d'être illuminé par la foi; & comme dans ce ſiècle malheureux il y a trop grand nombre d'hommes qui manquent de cette grace ſi importante, il nous a paru utile, néceſſaire & très-urgent de leur prouver que, quelles que ſoient leurs opinions, le malheur les ſuivra ſans relâche, s'ils violent les loix de la nature. Soumettant, d'ailleurs, la nôtre au jugement des ſaints Docteurs, dont nous demandons la bénédiction & l'indulgence pour un petit Ouvrage fait à cinq ou ſix mille lieues d'ici, chez un peuple très-ancien, à ce qu'il dit, qui fait remonter ſon origine & ſon exiſtence en ſociété, bien avant & au temps même où nous plaçons le déluge univerſel; mais nous l'écraſons du poids de la Bible, & nous ſavons, de ſcience certaine, que tout le monde fut noyé l'an de grace 1656 de la création, excepté Noë & ſa famille, comme il appert par la ſainte Ecriture : ainſi nulle difficulté. Il ne faut pas juger avec ſévérité la façon d'être & de penſer d'un pays, où l'homme phyſique & moral differe eſſentiellement de nous autres, deſcendans d'hier, de très-illuſtres

Visigots. On n'a eu en vue, en rendant cette traduction publique, que de faire connaître aux grandes âmes, dont la Magistrature & le Sacerdoce sont remplis, qu'il y avait à la Chine, ainsi qu'ailleurs, des abus, dont les sages, comme eux, gémissaient; que les Bonzes avaient fait leurs efforts pour empêcher ce peuple, peut-être trop vanté, de perfectionner la morale dans tous ses points. On a pensé que les Magistrats éclairés & sensibles, sous la protection desquels on met cet Ouvrage, qui honorent leur siècle & la Capitale, n'y verraient que l'envie de rendre les hommes meilleurs & plus heureux.

On eſt bien aiſe d'apprendre à ceux qui l'ignorent, que Confucius, outre le mérite d'avoir donné à ſa Nation d'excellens préceptes de morale, a eu encore celui d'en rédiger une partie en vers, perſuadé qu'une grande vérité, ſerrée dans leur mécaniſme, ſe grave plus aiſément dans la mémoire, qu'une phraſe en proſe, quelque ſonore qu'elle puiſſe être. C'eſt ce qui a déterminé le Père Parennin à l'imiter. Il a ſubſtitué quelques noms connus à ceux qui ne l'étaient pas.

Il paraît par pluſieurs paſſages, ſurtout du Commentaire, que cet Ouvrage était fait pour paraître il y a quelques années ; mais apparemment que quelques circonſtances empêchèrent le Père Parennin de le publier.

LE

LE CODE DE LA NATURE.

PREMIERE PARTIE.

DE LA MORALE UNIVERSELLE.

L'HOMME naît juste & bon ; en vain Hobe en murmure.
Les Prêtres (*), les Tyrans, ont perdu la nature.
Triste calculateur de ses égaremens,
Interroge, avec moi, son instinct & ses sens.

(*) Les Prêtres fanatiques qui ont déshonoré leur sacré caractère.

Philoſophe chagrin, mais ennemi du crime,
Ton œil s'eſt arrêté ſur les bords de l'abyme.
Deſcends, vois des vertus, le type, le moteur,
Bien ou mal dirigé, commander à ſon cœur.
A-t-il reçu du Ciel des griffes déchirantes?
Eſt-ce lui, qui, d'un fer, arme ſes mains ſanglantes?
Hélas! il n'en reçoit qu'un bras induſtrieux.
L'abus naît des mortels, & l'uſage eſt des Dieux.

Le feu des paſſions, cet agent néceſſaire,
Fait un époux ſenſible, un bon fils, un bon père;
Mais égare Faïel, Brutus, Agamemnon;
Change en des jours de ſang, les beaux jours de Néron.
L'aſſaſſin ne l'eſt pas dès ſa tendre jeuneſſe:
Il s'eſſaye, en tremblant, à la ſcélérateſſe;
Long-temps, par les remords, ſon cœur eſt combattu.
Qui les produit, dis-moi, ſi ce n'eſt la vertu?

Ah! s'il naiſſait méchant, farouche, impitoyable,
Deshérité du Ciel, enfant d'un Dieu coupable,
Il verrait d'un œil ſec, tranquille, indifférent,
Les pleurs, le ſang du juſte, à ſes pieds expirant.
Le bras toujours armé, dans le crime intrépide,

Il ſerait, par principe, aſſaſſin, parricide;
Et Dieu, qu'entraînerait un pouvoir infernal,
Ceſſerait d'être Dieu par ce dogme fatal.
Les ſiècles engloutis, les malheurs & les crimes,
Les Enfers regorgeans de feux & de victimes,
Les cris de l'Univers, le Ciel même outragé,
L'accuſeraient des maux où le monde eſt plongé.
Mais de lui naît le bien; c'eſt l'ordre, l'équilibre,
Des paſſions de l'homme, il eſt eſclave ou libre:
Eſclave, s'il ignore, eſclave corrompu;
Libre, & bon, s'il connaît, le ſavoir eſt vertu.

Si, malgré ſes défauts, ſon ame en eſt l'empire,
Rois, Paſteurs, Magiſtrats, tout dit qu'il faut l'inſtruire,
Ne pas l'abandonner à des Maîtres d'erreurs,
Moraliſtes payés pour dépraver les mœurs.
Quel bien a fait un Scot, un Queſnel, un Garraſſe,
Tous les *ergo* profonds, pour & contre la grace;
Ont-ils mis ſur la terre un ſeul grain de bonheur!
Réponds-moi, ſavant Clerc, Caſuiſte, Docteur,
Maître fou, qui vois tout, dans ta ſcience obſcure;
Explique, définis, & voile la Nature,
Ferais oublier Dieu, s'il pouvait ſe cacher.

Pour ſavoir qu'il exiſte, il ne faut pas chercher,
Dans tes ſavans cahiers, ſon eſſence ſuprême;
Il faut lever les yeux, & deſcendre en ſoi-même.
Dis-moi donc, Révérend, quand j'ai lû Cicéron,
Epictète, Socrate, & Leibnitz, & Newton,
Penſes-tu, de ſang-froid, que je vais pour y croire,
De tes frères tondus conſulter le grimoire;
Interroger Thomas, quand je vois l'Univers;
Quand je ſuis libre enfin, me charger de ſes fers?

Perçant avec Herſchel cette immenſe étendue,
Que l'art de Galilée a ſoumiſe à ma vue,
Mon eſprit & mes yeux, tout pleins de ſa grandeur,
L'ont encor retrouvé dans le fond de mon cœur.
C'eſt là qu'il a parlé, c'eſt là que, ſans myſtère,
Il a d'un ſceau divin gravé le caractère:
Je me vois, je me ſens ſous ſa main, ſous ſes loix.
Miniſtre, Préſident, Soldat, Marquis, Bourgeois,
Qu'il ſoit dans le grand tout, feu, reſſort, forme, eſſence,
Tu n'en marches pas moins courbé ſous ſa puiſſance.
Ne crois pas, ſi tu veux, aux Sergens des Enfers;
Mais crois à la nature, au Dieu de l'Univers,
Qu'il n'a pu te créer, ſans créer la morale;

Différente en ſa forme, au fond par-tout égale,
Que la grace & la foi ſur elle ont prévalu :
Mais que ſans la morale, il n'eſt point de vertu.

La foudre abat le pin, ſous la faulx l'herbe tombe;
Tu vois naître le jour qui luira ſur ta tombe;
O Roi de l'Univers! que l'Univers dément,
Tu naîs, croîs, penſes, meurs, & ſans ſavoir comment,
Et tu parles de Dieu, de l'ame, de la grace!
Compoſé malheureux d'ignorance & d'audace,
Oſes-tu prendre un rang ſur tous les animaux?
Aux yeux de l'Eternel, ils ſont peut-être égaux.
Que l'ame, avec le corps, meure, ou ſoit immortelle,
Qu'il ſoit eſclave ou maître, uni, ſéparé d'elle,
Tout cela, ſans la Foi, me paraît bien obſcur.
Qu'importe qu'elle ſoit étendue, eſprit pur,
En faudra-t-il moins être équitable & modeſte?
Tout mode ſe détruit, l'atôme, l'être reſte.
Eternels, comme Dieu, les ſels, les élémens,
Fondus & refondus, vomis par les volcans,
Néceſſaires jouets de Neptune & d'Eole,
Roulés à l'équateur, de l'équateur au pole,

Sont l'œuvre, (*) l'ouvrier, ſont les grands inſtrumens
De l'atelier immenſe où préſide le temps.
Mû, gravitant, heurté, l'atôme impériſſable,
Dans ce choc éternel, en ſoi, reſte immuable.
Tout eſt nouveau, ruine, & le globe entr'ouvert,
De ſon centre briſé fut mille fois couvert.
Des mondes, des ſoleils, la vieilleſſe immortelle,
La chaîne eſt attachée à la roue éternelle.
Eſt-ce une erreur? Dis mieux, nie, affirme quel mal
Fait une opinion au bonheur général?
Un mauvais argument trouble-t-il la police?
Non, non, pour troubler l'ordre, il faut que l'homme agiſſe.
Crois-tu que ce Cromwel, le Pape Borgia,
Etaient des raiſonneurs, ou Benoît Spinoſa?
Benoît meurt, ſans jamais avoir troublé le monde;
Cromwel, dans ſon humeur, & farouche, & profonde,
Met un ſabre & la Bible à la main des Anglais:
Agit en fanatique, & d'audace, en forfaits,
Aſſaſſine ſon Roi; mais gouverne en grand homme.
L'autre devient l'horreur & l'opprobre de Rome.
Son Dieu dans une main, & dans l'autre un poignard,

(*) Comme cauſe ſeconde, bien entendu.

L'inceste, l'adultère en dota son bâtard.
Jamais on ne vit plus de crimes, de scandale.

Osons nous enfoncer dans cet affreux Dédale;
Et, malgré ces horreurs, cherchons-y la vertu.
Le fil est égaré, mais il n'est pas perdu.
Sur sa base immuable appuyons la morale,
Opposons le calcul à son erreur fatale;
Montrons que l'homme seul peut rendre l'homme heureux,
Que l'homme importe à l'homme, & non pas l'homme aux Dieux.
Il ne peut attenter à leur bonheur suprême;
Il les accuse en vain du mal qu'il fait lui-même.
Ils ont dans ses rapports mis sa félicité;
Attaché le malheur à la perversité.
L'égoïste Damon n'est qu'un forçat qui rame;
Vous voyez sur son front les chagrins de son ame.
La nature se venge, & frappant son orgueil,
Le condamne à l'ennui qui le traîne au cercueil.
Au fond de son tonneau, l'insensé Diogène,
Eût été malheureux, sans les regards d'Athène.
Jouis, & fais jouir, c'est le pacte éternel,

Du Soc, de l'Atelier, du Trône & de l'Autel.
Fakirs, Brames, Rabbins, Druides, Solitaires,
Forçats qu'ont écrasé des chaînes volontaires;
Vous avez trop long-temps égaré la raison.
On a prêché, l'on prêche, en est-on meilleur? Non.
D'où vient, vers les forfaits, cette marche fatale?
C'est qu'on a préféré le dogme à la morale.
Qu'à la place du vrai, mettant le merveilleux,
Des Bonzes, des Sotim, ont fait parler les Dieux.
Plus sages, plus humains, vous qui du sanctuaire,
Portez avec la paix le jour qui vous éclaire,
Vous avez accordé, par un mélange heureux,
Le dogme, la morale, & l'intérêt des Cieux.

Le crime ne voit pas leur vengeance éternelle;
Du rivage fatal, Caron en vain l'appelle.
Il ne voit pas la mort qui le suit à pas lents,
Tous les feux des Enfers, Mégère, ses serpens,
Cisyphe, Dardanus, Ixion & Tantale,
N'ont jamais fait sur lui ce que peut la morale.

Ce n'est pas cette folle, assise sur les bancs,
D'argumens très-prodigue, avare de bon sens,

Qui, ſur l'homme, ſur Dieu, déraiſonne, diſpute,
Qui tombe à chaque pas, & nie encor ſa chute;
Se roule dans la nuit, croyant tout éclairer;
Ne marche devant nous que pour nous égarer.
Gardez-vous, gens de bien, de ſuivre un pareil guide.
Son trône eſt ſur les vents, ſon empire eſt le vide.
De celle qui fait tout, mortel, entends la voix,
Sous peine du malheur, ſois ſoumis à ſes loix.
Elle foule à ſes pieds la fraude & l'impoſture,
Son Code eſt éternel, ſon nom eſt la Nature.
Elle te dit, ſois bon, ſonge que la bonté
Eſt le lien des cœurs : aime la vérité;
Bientôt de l'impoſteur l'eſpérance eſt trahie.
On le croit aujourd'hui, demain on s'en défie.
Que les moindres diſcours que ta bouche répand,
Soient vrais, ſimples comme elle, ou le mépris t'attend.
Sois ſobre en tes plaiſirs; c'eſt de la tempérance
Que naiſſent les longs jours d'une douce exiſtence.
Sur-tout, jeune imprudent, chez Laïs ne va pas
Acheter des regrets, payer cher le trépas.
Regarde Floricour; contemple, ſi tu l'oſes,
Ce teint plombé, ce front jadis paré de roſes,
Ces lèvres, cet œil cave, & déjà preſque éteint,

De ſes tourmens honteux chaque muſcle eſt empreint :
Un poiſon infernal circule dans ſes veines ;
Des remèdes tardifs les reſſources ſont vaines ;
Sur ſon lit de douleurs, vois pleurer l'amitié :
Regarde cet objet d'horreur & de pitié :
Une maigreur livide a remplacé ſes charmes ;
Rien ne peut le ſauver, les remords ni les larmes.

Si tu veux obtenir quelque félicité,
Sois donc ſage, ô jeune homme, & crains la volupté !
Mais plains, & ne crois pas ce mortel au teint blême,
Qui trompe, qui m'outrage, & ne veut pas qu'on aime :
Ingrat, c'eſt par l'amour qu'exiſte l'Univers.
L'amour eſt dans les Cieux, la haine eſt aux Enfers.
Aime donc, mais choiſis, j'approuve la tendreſſe ;
Je permets les plaiſirs guidés par la ſageſſe.
Uſe, n'abuſe point ; j'attache les regrets,
Les remords à l'abus, la douleur à l'excès ;
De mes dons, de tes ſens, j'ai limité l'uſage :
Si tu reçus de moi la richeſſe en partage,
Sage diſſipateur, avare généreux,
Recherche le mérite obſcur & vertueux ;
Tu liras ſur ſon front les peines qu'il endure ;

De mes biens, ô mon fils! reſpecte la meſure.
Tu dois au malheureux compte de leur emploi;
Un bonheur excluſif ne fut pas fait pour toi:
C'eſt un dogme ſacré de mon code immuable.

Soutiens donc le mortel que ſon deſtin accable;
Songe qu'il peut un jour t'accabler comme lui.
Qu'il trouve en ta maiſon un aſyle, un appui,
A côté du palais qu'habite l'opulence;
Deſcends dans le réduit où pleure l'indigence,
Sur le chaume, ſans pain, couverte de lambeaux,
Réjouis d'un beau jour ſoixante ans de travaux.
Que ton cœur généreux s'ouvre à la bienfaiſance,
Des mains de la débauche arrache l'innocence;
A ſon œil effrayé montre des corps uſés,
Les principes détruits, les ſucs alkaliſés;
Les muſcles, les tendons, tombés dans l'atonie,
Tout le ſang dépravé, des nerfs ſans énergie;
Montre-lui tous les maux dont le vice eſt puni:
Sois ſon conſolateur, ſon père, ſon ami;
Inſtruis à la vertu ce cœur tendre & docile.
Qu'il eſt beau de donner un vertueux aſyle
A des charmes en pleurs, à ſes pieds abattus!

C'eſt les rendre au bonheur, de les rendre aux vertus.
Si ce principe eſt faux, il n'eſt point de morale.

Garde-toi de penſer, par une erreur fatale,
Que jamais l'ordre exiſte où n'eſt pas l'équité :
Sous ſa garde ſacrée eſt ta ſécurité.
Sur-tout ne te fais pas une affreuſe habitude
De bleſſer qui te ſert ; c'eſt par l'ingratitude
Qu'on a ſouvent tari la ſource des bienfaits.
Apprends à pardonner tous les maux qu'on t'a faits ;
Et maître de ton cœur, élève ton courage,
Juſqu'à verſer tes dons ſur celui qui t'outrage.
Triomphe de ſa haine, & t'en fais un ami.
Plus grand, plus généreux, tu ſeras applaudi.
Tu dois être indulgent, tu dois être modeſte ;
L'orgueil heurte l'orgueil, leur rencontre eſt funeſte :
Un mot, un geſte ſeul a creuſé des tombeaux,
Mis le monde en ruine, allumé les flambeaux,
Aiguiſé les poignards de la guerre cruelle.

Enfin, ſois père, époux, fils tendre, ami fidèle.
Suis ce plan, ô mortel, que moi-même ai tracé ;
Jouis de l'Univers où ma main t'a placé :

Reçois, rends le bonheur, c'eſt ainſi qu'on m'adore;
Le paſſé ne peut rien, l'avenir moins encore;
(*) L'inſtant qui fuit eſt tout pour ta félicité :
N'en demande pas d'autre à la Divinité :
Miniſtres, banniſſez les romans, les fantômes,
Parlez-lui moins des Dieux, parlez-lui mieux des hommes.
Songez qu'en l'éclairant vous le rendez heureux;
Et d'un culte incréé que vous ſervez les Dieux.

(*) Pour le bonheur temporel.

SECONDE PARTIE.

DES SUPPLICES ET DE LA PEINE DE MORT.

Des poles applatis, du Japon aux Orcades,
Précepteurs des humains, Charlatans de tous grades,
Brifez, jetez au feu ces faftes impofteurs;
Méprifable ramas de folie & d'erreurs,
Dont les Thaut, les Vifnou, les Odin, & tant d'autres,
Fourbes de l'Univers, ont été les Apôtres,
L'ont rempli de fripons, de dupes & de fous,
Et pour le bien d'un feul, ont fait le mal de tous.
Des fiècles entaffés foulevons les ruines:
Remontons de ces bords aux rives des Bramines.
Par-tout de la morale on méconnut les droits.
Je parcours à regret l'amas confus des Loix;
Ce fantôme effrayant, dans fa marche fatale,
Loin de la fecourir, foule aux pieds la morale.

De bûchers, d'échaffauds, fans ceffe environné,
Il déchire le fein dans lequel il eft né.
Les Céfars abattus fous les mains des Barbares,
Des Prêtres factieux, des Miniftres avares,
Vingt fiècles de tyrans, d'anarchie & d'erreur,
Ont fomenté, fervi, cimenté fa fureur,
Pour arrêter la mort, armé fa main cruelle :
Eh! c'eft lui qui la donne! ô Nature immortelle!
Qui le peut fans danger, qui le fait fans remord.
Pour un léger larcin, envoyer à la mort!
Le premier qui l'ofa fut un monftre exécrable;
Plus affreux mille fois que n'était le coupable;
Plus cruel que tous ceux qui n'ont fait qu'imiter,
Que fuivre aveuglément la loi qu'ofa porter
Contre le genre humain ce criminel avare.

Sans doute il eft un Dieu, mais au fond du Tartare :
Eternels, comme lui, s'il a mis des tourmens,
Dans un monde inconnu, s'il eft des châtimens,
Si d'un être infernal ce globe eft tributaire,
Ses gouffres font pour vous, oppreffeurs de la terre;
Vous répondrez du fang des malheureux humains.
Eft-ce à vous de brifer l'ouvrage de fes mains!

L'homme a reçu d'un Dieu la pensée & la vie ;
Et par l'ordre d'un homme, à l'homme elle est ravie
S'il faut que je me taise au milieu de l'horreur,
Etouffez donc ma voix, arrachez-moi le cœur.
Je resterais muet dans l'Europe sanglante,
Dans la calamité publique & permanente!
Mon ame toute entiere est due au malheureux.
Indignement frivole en des momens affreux,
Quand ici tout gémit sous un code barbare,
Ingrat à ma Patrie, & de larmes avare;
Complice du forfait, coupable envers les Dieux,
Je ne garderai pas un silence odieux.
Je défends les humains, je plaide pour le monde ;
Ma cause est grande & juste, & ma douleur profonde.

La Nature agissante & compose & détruit,
La voix de l'Univers, hélas! vous en instruit.
Eh! vous osez hâter son cours inévitable!
Vous a-t-elle cédé son pouvoir redoutable,
Chargé du droit fatal de donner le trépas?
Chaque homme doit l'avoir, ou vous ne l'avez pas.

Je vois par-tout l'erreur érigée en maxime.

On

On perd les criminels ſans mettre un frein au crime.
A travers les tourmens c'eſt en vain que je fuis ;
Par de nouveaux forfaits, les forfaits ſont ſuivis.
Chaque jour l'homme en vain outrage la nature.
Les gibets, les bûchers, la roue & la torture,
Monumens fugitifs de trop de cruauté,
Dont s'éloigne, en pleurant, le ſage épouvanté,
N'arrêtent pas la main par le crime enhardie.
Cet horrible moment frappe, paſſe & s'oublie.
Ne peut-on, ſans la mort, punir les criminels !
Faut-il être, comme eux, injuſtes & cruels !
Ah ! s'il eſt auſſi vrai que l'homme ſoit l'image
Du Dieu dont il dépend, comme il en eſt l'ouvrage,
Oſez-vous, ſans frémir, l'envoyer à la mort,
Frapper le ſimulacre, & le Dieu dont il ſort !
Entre un coupable & lui qui vous fit les arbitres,
Du ſceau de ſa vengeance a-t-il marqué vos titres ?
Mais au moins, me dit-on, on peut bien, ſans remord,
On peut ôter la vie à qui donna la mort.
Qui te l'a dit, bourreau ! Juges impitoyables,
Vous n'avez que le droit d'enchaîner les coupables ;
D'ôter un fer ſanglant des mains d'un furieux ;
Qui l'immole eſt coupable envers l'homme & les Dieux.

Oui, le meurtre, ſans doute, eſt un forfait énorme ;
Mais dépend-il du lieu, du nombre, de la forme ?
Vingt tyrans par leſquels un homme eſt immolé,
Sont-ils moins criminels qu'un brigand iſolé ?
Non, non, la lâcheté renchérit ſur le crime,
Si l'on peut, ſans péril, égorger la victime ;
Si, liée à ſes pieds, un monſtre peut frapper,
Si l'unique danger conſiſte à ſe tromper.
Ah ! ne vaut-il pas mieux, ô race infortunée,
Errer dans les forêts, ou n'être jamais née,
Que d'exiſter ici pendant quelques moments ;
Y pleurer & mourir dans l'horreur des tourmens ?
Juſques à quand, grand Dieu ! verrai-je ma Patrie,
D'une part éclairée, & de l'autre abrutie !

Dorval au cœur affreux, de vices gangrené,
Qui durant quarante ans n'a jamais pardonné.
Cet Orgon qui vola, diſſipe avec ſcandale,
Et des lâches Séjans, la cohorte rivale,
Pleins d'orgueil & d'ennui, ſans talens, ſans vertu,
Vous répètent ce mot ſans ceſſe rebattu,
Ce mot de *Talion* : eh bien, troupe frivole,
Qui crois penſer à fond, & n'as que la parole,

Du moins pèſe avec moi ce principe fatal.
Punit-on un forfait, par un forfait égal!
Faut-il donc oppoſer un outrage à l'outrage!
Le crime aux attentats, la fureur à la rage!
Du ſang le plus abject peut-on ſouiller ſes mains!
Faut-il, pour ſe venger, devenir aſſaſſins!
Répare-t-on la mort par une mort cruelle!
Ce que la Loi proſcrit eſt-il permis pour elle!
Non, j'oſe te le dire, ô mortel ſourcilleux,
Qui verſe ſans pitié le ſang des malheureux;
La mort d'un criminel n'eſt qu'une horreur publique,
Un lâche aſſaſſinat en forme juridique.
Ce principe eſt d'un fou, je le paſſe au bourreau,
Il trafique du ſang verſé ſur l'échaffaud.

Sois conſéquent, du moins, ſcélérat mercenaire,
Aſſouvis-toi du ſang d'un brigand ſanguinaire.
Pour réparer un meurtre égorge l'aſſaſſin.
Remplis avec effroi ton horrible deſtin;
Je t'accorde un moment ton affreux privilège.
Mais quand je vois tomber ſous ta main ſacrilège,
Cent pères malheureux qui, vaincus par la faim,
Volaient, en friſſonnant, des alimens, du pain....

Le portaient éperdus à leur famille entière ;
Qui l'attendait mourante au ſein de leur chaumière.
C'eſt alors qu'abhorrant le Code & ſes fureurs,
De mes yeux, malgré moi, je ſens tomber des pleurs :
Leur mort eſt donc le prix de l'amour conjugale ;
On ſacrifie ainſi les vertus, la morale.
De préjugés cruels follement enivré,
Juge, l'homme eſt ton frère, & le pauvre eſt ſacré.
Des alimens, grands Dieux! avec indifférence,
Sont mis, avec ſon ſang, dans la même balance !
Ah! périſſe à jamais qui put imaginer,
Pour l'Univers entier, qu'on peut aſſaſſiner.
Qu'aux Enfers ſes tourmens paſſent ſes barbaries,
Que la flamme dévore, & les Temples impies,
Arrêts, Edits, Tyrans, ſacrilèges Autels,
Que l'on a, ſans pitié, teints du ſang des mortels.
Pardonne-moi, grand Dieu, leur cruauté m'égare,
Et par humanité je deviendrais barbare.

Quand je ſers la morale, & l'Etat, & le Roi,
Quel eſt ce forcené qui s'arme contre moi ?
Il cite, déraiſonne ; & le bourreau murmure ;
Il étouffe, dit-il, les cris de la nature ;

Et ſouvent, il eſt vrai, le ſang rougit ſes mains ;
Mais c'eſt pour le bonheur, l'exemple des humains.
Juſte Ciel ! quel bonheur ! lorſque tu m'aſſaſſines !
Quand de l'humanité tu m'offres les ruines !
Quand je n'entends par-tout qu'affreux gémiſſemens ;
Que je marche à travers des cadavres ſanglans,
Des brandons de bûchers, des débris lamentables,
Tu crois me ſoulager, cruel ! & tu m'accables.
—Mais l'exemple.—Il eſt nul ; au pied de l'échaffaud,
Dans la foule barbare, & ſous l'œil du bourreau,
On voit des ſcélérats d'un ſcélérat complices,
Voler, quand il expire, au milieu des ſupplices.
Eh bien, me direz-vous, miniſtres de la mort,
Miniſtres des Enfers, ſoutiendrez-vous encor
De leur trépas ſanglant l'utilité fatale ?
Ah ! qu'ils ſoient des leçons vivantes de morale.
Que fait à cette mère, à ſes pleurs, à ſes cris,
La mort du ſcélérat meurtrier de ſon fils ?
Le ſang d'un criminel répandu dans l'arène,
Peut-il payer le ſang répandu dans la plaine ?
La vertu peut-elle être avec la cruauté ?
Ces membres que l'on briſe avec férocité,
Ne pouvaient-ils donc pas applanir ces colines,

Creuser ces rocs, fouiller les entrailles des mines;
Où le calme, l'effroi, règnent avec la nuit,
Où la vie est affreuse, où le pauvre conduit,
Des poisons minéraux éprouve le supplice?
Or, le trompe, il espère, & meurt pour l'avarice.
O Juges malheureux! ô coupables mortels!
Insensés, & si vains, si légers, si cruels,
A la cupidité puisqu'il faut des victimes,
Ne peut-on dévouer, au fond de ces abymes,
Y forcer au travail les plus grands scélérats,
Sans d'un barbare encore acheter leur trépas!

Que suivant les délits on aggrave les peines;
Distinguez les travaux, les vêtemens, les chaînes;
Marquez d'un fer brûlant un lâche assassinat,
Un forfait inoui contre l'homme & l'Etat.
Plongez les scélérats dans les flancs de la terre,
Qu'ils en arrachent l'or, les métaux qu'elle enferme;
Qu'ils en sortent souvent pâles, chargés de fers,
Des marques de leur crime & d'opprobres couverts.
Qu'aux vertus, leur supplice enchaînant la jeunesse,
Imprime l'épouvante à la scélératesse.
Quoi donc, un assassin ne pourra que mourir!

L'Etat eſt-il vengé par ſon dernier ſoupir ?
Réparé-t-il ſon crime en mourant un quart-d'heure !
Non, conſervez ſes jours; qu'il travaille & qu'il meure ;
Daus un repaire affreux que ſes membres ſanglans
Epouvantent la faim des oiſeaux dévorans.

Mais des pleurs éternels, des ſiècles de vengeance ;
Ne ſauraient expier la mort de l'innocence.
Ah! s'il vous faut du ſang, tremblez, ô Magiſtrats !
De confondre le juſte avec les ſcélérats.
Un repentir douteux, & des larmes tardives,
Ne rendent pas le jour à des ombres plaintives.
J'entends gémir en vain du rivage fatal,
Urbain Grandier, de Thou, Calas & Tolendal !
Tout eſt plein de leur mort célèbre & malheureuſe.
Mais je ſais des humains dont la vie eſt affreuſe,
Condamnés à pleurer, chargés de fers honteux ;
Plus ils ſont innocens, plus ils ſont malheureux.
Un vil ſuppôt des lieux dont la honte eſt bannie,
Gangrené de débauche, & couvert d'infamie,
Délateur effronté qu'ont dû punir les Loix,
Pour perdre un innocent, oſe élever la voix ;
Il oſe l'accuſer d'un crime épouvantable :

Il allait au bûcher, s'il eût été coupable.
On le juge innocent, ô forfait inoui!
Le délateur triomphe, & le juste est puni.
On le met, pour jamais, dans le séjour du crime;
On referme sur lui les portes de l'abyme.
Les voilà donc, grand Dieu! ces fléaux des pervers!
Pleurons, ô mes amis, pleurons sur l'Univers!
Mais ne nous bornons pas à des larmes stériles,
A ces infortunés soyons du moins utiles;
Faisons pâlir le crime entouré de faisceaux,
Affrontons, sous ses yeux, la hache des bourreaux.
Le malheur d'un seul homme afflige ma jeunesse.
Ami du monde entier, son bonheur m'intéresse.
Je vous dévoilerai, Tyrans de l'Univers;
A frapper les forfaits je consacre mes vers.
A vos inimitiés je sais que je m'expose.
Je les brave, il n'importe, on verra ce que j'ose;
Le mortel qui se voue au bien des malheureux,
Pour les infortunés a fait plus que les Dieux.

COMMENTAIRE
SUR LE
CODE DE LA NATURE.

PREMIERE PARTIE.

CONTRE HOBES,

Et contre ceux qui ont dit que l'Homme naiſſait méchant.

Tous ceux qui ont avancé que l'homme naiſſait méchant, étaient des Philoſophes chagrins par tempérament, & en qui la mélancolie avait éteint la raiſon. Arrêtés ſur les bords du cœur humain, ils ont conclu des atrocités accidentelles, une perversité générale & inhérente à sa nature. Epouvantés par le chaos de malheurs & de crimes dont il est la proie, ils ont avancé, par bonté d'ame, qu'il était nécessairement pervers, en tombant de la main des Dieux. S'ils eussent dit qu'il naissait des monstres parmi les hommes, comme il naît des tigres & des serpens dans l'ordre éternel des êtres, ils seraient peut-être excusables, & je leur nierais que ce fût une cause générale qui ne fit agir que quelques individus. Ils n'ont pas aperçu que, pour le rendre à la bonté, il ne faut que l'instruire, briser les entraves dont il est garrotté, soulever les chaînes dont il est écrasé, & que l'ignorance seule lui a imposées. Lui répéter sans cesse, lui crier, homme, oublie-toi, pendant tous les instans de ta vie, & pense aux autres! ou du moins, en songeant à toi, n'oublie pas que tu es environné de tes semblables. Leurs droits au bonheur ſont égaux entre eux & aux tiens ; leur concours néceſſaire, les dignités, les titres, les croix, les cordons, le trône, n'y peuvent atteindre, ſans cette Loi auſſi ancienne que le monde. En un mot, il faut s'aſſeoir, avec lui, au milieu des ruines, des préjugés qui l'obsèdent ; & ſeul, avec la Nature, le faire penſer en homme.

S'il était naturellement pervers, ennemi né de la vertu, le reſpect, l'hommage volontaire qu'il lui rend, deviendrait une horreur excuſable. Mille exemples prouvent que les plus grands ſcélérats, vaincus par ſon aſcendant, en le violant, l'ont révérée. Socrate mourant donne des remords à ſes Juges. S'il était méchant dès l'inſtant qu'il voit le jour, inacceſſible à la pitié, ſes délices feraient les cris, les gémiſſemens, les angoiſſes de la mort ; & jamais ſon œil atroce ne verſerait une larme.

Dans les temps à jamais déplorables de la Ligue, tandis que les images de Jacques Clément étaient sur l'Autel; tandis que la France fumait encore du sang de la S. Barthélemi, que de fougueux fanatiques aiguisaient déjà le poignard de Ravaillac, Henri IV nourrissait Paris, qu'il assiégeait.

Tandis que les Domitien, les Galba, les Caligula agissaient en voleurs de grands chemins; que les Néron, les Constantin remplissaient leur Palais d'empoisonnemens, d'assassinats, de parricides; enfin, au milieu des barbaries de tous les siècles, on a vu de grandes vertus.

Quel changement, grands Dieux, ce délire de l'imagination fait sur la terre! Je ne vois plus, à la place de ces Villes superbes, de ces Cités nombreuses, que des marais, des déserts, des forêts éternelles, que quelques barbares errans & isolés; car il ferait impossible qu'ils vécûssent en société. Cet être, dont la pensée fait presque un Dieu, est rejeté au-dessous des ours, des panthères. Couché dans le creux des rochers, il y diſpute, à d'affreux reptiles, le lieu de ſon repos; aſſouvit ſa faim de gland, d'herbes ſauvages, ou de quelques fruits acerbes que d'autres animaux lui arrachent.

Mon œil épouvanté ſe promène ſur l'Univers.

Plus d'auſpices pour le pauvre, plus d'aſyle pour les maux qui aſſiègent la vie, plus de retraite pour la vieilleſſe, pour l'homme uſé par les travaux : ces monumens de grandeur & de bienfaiſance diſparaîtraient ou n'auraient jamais exiſté. Chaque pierre n'y dirait plus au ſage, il fut un bienfaiteur de l'humanité.

Vous n'auriez jamais exiſté chef-d'œuvres de l'art & du goût, Théâtres ſuperbes où le génie applaudit & mêle ſes larmes aux pleurs qu'il fait répandre.

Diſons que l'homme n'eſt ni phyſiquement ni moralement fait pour être méchant. Si je me trompe, raiſonneur mélancolique, par pitié laiſſe-moi mon erreur. Je ceſſerais à chaque pas de rencontrer mon frère ; je ne verrais autour de moi que des monſtres à face humaine, dont l'œil féroce outragerait le Ciel indigné. L'Artiſan qui te couvre, le Laboureur qui te nourrit, te paraiſſent donc bien abominables. Le père, qui s'eſt privé de tout pour toi ; la mère qui t'allaita, qui éleva ton enfance avec tant de ſollicitude, ne ſont donc que des bourreaux ; tu ne rendras donc pas à leur vieilleſſe les ſoins qu'ils t'ont prodigués ; tu ne fermeras pas leurs yeux ; tu refuſeras une larme à leur cendre ! Laiſſe-moi, tigre impitoyable ; tes funeſtes principes ont aliéné ta raiſon ; tu dois être un barbare.

Cette opinion abominable outrage encore plus Dieu que l'homme. Courbé ſous la main de celui qui l'a fait ſans lui, il n'eſt qu'à plaindre ; & ſon Créateur doit être abhorré ou méconnu ; c'eſt un mélange inoui de tout ce que la ſcélérateſſe a pu produire. On doit frémir, ſans doute; quelque parti qu'on prenne, les attentats de tous les ſiècles retombent ſur lui : & par une conſéquence fatale, Dieu, arraché de ſon trône éternel, n'exiſte pas; Dieu n'eſt pas Dieu. Sur quel roſeau, ſur quel appui ſoutenir ſa foibleſſe! Quel effort, quel tourment d'une imagination égarée pour dépraver Dieu & les hommes! Quelle impoſture du cœur & de l'eſprit! quel délire, quand la vérité nous preſſe de toutes parts, que la morale eſt à nos pieds!

On ſe plaint, on murmure, on crie au malheur; & le bonheur non pas excluſif eſt par-tout. Il faut le ſaiſir. Sans la ſcience des mœurs on l'eſſaie en vain. Il ne faut pas briſer les liens de la ſociété, il ne faut pas s'iſoler pour être heureux. Il faut ſe conſidérer au milieu de ſes ſemblables, tenant à tous leurs rapports. Au lieu de ces ſentences, la plupart futiles, gravées ſur le marbre & l'airain dans une langue inintelligible pour le peuple, on devrait lire à chaque pas : Homme, rends le bonheur, si tu veux être heureux.

Le despote, cet esclave environné d'esclaves dans la solitude des nuits, jette autour de lui un coup-d'œil épouvanté. Le calme que son aspect fait naître, ses Visirs, son Divan, son Harem, ne peuvent remplir le vide affreux de son cœur. Le malheur l'assiège ; un besoin mal démêlé l'importune ; une anxiété, dont il ignore la cause, flétrit tous ses instans. Il s'ennuie d'être obéi ; le dégoût de tout avoir, pire que l'indigence, dévore tous ses désirs prévenus & rassasiés. Ses Eunuques, noirs & blancs, son Visir, ses Bacha, ses Bey, sont ses ennemis, puisqu'ils ont tremblé devant lui. Il n'a ni amis ni maîtresse. La Grecque, la Circassienne, qu'il tient enchaînées pour ses plaisirs, peuvent-elles voir leur ami, leur amant dans le maître soupçonneux, dont l'orgueil daigne leur jeter un mouchoir ? L'amour & l'amitié dans l'esclavage ! ah, grands Dieux !

L'homme

L'homme eſt bon par ſa nature. Les attentats de tout genre ne ſont que des maladies qui attaquent par intervalles la race humaine. Si la méchanceté lui était naturelle, comme la douceur & la bonté, aulieu de chérir, de careſſer ceux dont il a reçu le jour, il porterait ſans remords le couteau dans le ſein qui l'a fait naître. Le premier uſage qu'il ferait de ſes forces & de ſa liberté, ferait pour commettre des forfaits. Semblable au tigre, qui ne s'environne que de carnage, qui détruit, égorge tant qu'il trouve d'animaux qui reſpirent, il aſſaſſinerait juſqu'à ce qu'il fût immolé lui-même. Ce ferait une guerre éternelle de tous contre tous ; ou plutôt, la ſociété anéantie en ſe formant, aurait laiſſé la terre en proie aux bêtes féroces. Mais l'eſpèce humaine, au contraire, eſt la plus multipliée. Si depuis que les hommes ſont réunis, il y a eu des barbaries, des proſcriptions contre le genre-humain, elles n'ont été que paſſagères ; & il ſuffirait qu'un ſage en eût gémi, pour proſcrire l'opinion cruelle de ce Philoſophe mélancolique.

Quelques hommes plus doux ont dit qu'il ſortait des mains de la Nature, avec une indifférence abſolue pour le bien & pour le mal; que l'éducation était tout pour lui. Ils ont établi la néceſſité de le bien inſtruire, mais il faut que les premiers principes ſoient émanés de la tête d'un ſage; ſi le premier ſage a pu trouver dans ſon cœur des principes vertueux, tout homme n'eſt donc pas indifférent au vice ou à la vertu; il faut que cette indifférence ſuppoſée, que cet équilibre fatal ait été rompu; s'il y a un ſage dans l'univers, s'il eſt un ſeul homme vertueux, cette opinion déſeſpérante eſt abſurde.

En vain veut-on corriger les hommes, ſi on ne les inſtruit. En vain veut-on les rendre au bonheur, ſi on ne leur prouve, ſi on ne leur calcule pas que la félicité eſt le premier mode de la vertu, comme l'infortune eſt attachée à la perverſité. Ces principes, vrais comme la nature, ont diſparu de la chaire, ont fui des écoles, ou n'y ont jamais été. L'étendue de cet ouvrage ne comporte point le développement des Loix ſur leſquelles repoſe le bonheur. On pourra, dans la ſuite, analyſer les vices les plus frappans dont la ſociété eſt infectée. On pourra, ſi l'on n'eſt point arrêté dans ſa courſe, ſoulever le voile qui dérobe le jour; tracer d'une main enhardie par la vérité la route du bonheur, non pas excluſif & ſans mélange, mais commun, mais borné comme nous. Nous calculerons que l'intérêt de l'homme eſt d'aimer le bien, d'être vertueux, nous laiſſerons à l'écart les vertus ineffables que la Religion a conſacrées. Nous ne les examinerons qu'en homme; nous ne porterons pas un regard téméraire ſur l'Arche du Seigneur; nous laiſſerons bien volontiers à ſes Miniſtres ſacrés l'exercice de leur pénible emploi; nous ne ſommes point éclairés comme eux. Nos lumières ſont limitées, n'ont rien de ſurnaturel ; elles ſont humaines, & nous parlons aux hommes de tout pays. Nous n'avons point l'audace de vouloir inſtruire le vrai Chrétien, qui, comme on ſait, eſt d'une nature bien différente, & dont l'éducation toute merveilleuſe leur eſt confiée depuis environ dix-huit cents ans. Quelle prodigieuſe antiquité ! Il eſt vrai que le monde eſt un peu plus vieux ; mais auſſi on ne ſait comment il a pu ſubſiſter, avant qu'il y eût des êtres mitoyens entre lui & la Divinité. Quoi qu'il en ſoit, nous eſſayerons de lui rendre une étincelle du flambeau qu'il a perdu ; nous montrerons enfin que l'éclairer, c'eſt le rendre au bonheur ; que le rendre au bonheur, c'eſt le rendre à la vertu. Lumière, bonheur & vertu ne ſont que des modifications de notre être. Réfléchis, ô jeune homme, s'ils ne ſont que des modes réciproques, quel eſt le fou barbare qui oſerait attenter aux droits les plus ſacrés? Qui oſe dire : le jour n'eſt pas fait pour toi? Tu ne dois voir, entendre que par moi. La lumière bleſſerait tes yeux; c'eſt pourtant le langage ſacrilège qu'ont tenu la tyrannie & la ſuperſtition, filles de l'ignorance : aveugle marâtre, qui arrache les yeux à ſes enfans.

Que d'énormes volumes ont écritl eurs fauteurs! que d'encre on a répandu! qu'on a brouillé de papier! que d'injures contre un peu de raiſon! que d'adverſaires maſqués combattent dans la nuit, qu'ils épaiſſiſſent autour d'eux! blancs, noirs, gris, bruns, barbus, ſans barbe, encapuchonés, ſans capuchon, ameutent les paſſans; l'un crie, j'ai raiſon, Meſſieurs, j'ai pour moi la déciſion formelle d'un vieux ſolitaire qui vivait il y a quinze cents ans; il n'a pu ſe tromper; donc mon adverſaire eſt un ſcélérat. Le ſcélérat reprend : j'oppoſe à l'opinion erronée de ce vieux rêveur de quinze cents ans, la déciſion formelle de trois cents génies aſſemblés à Quinpercorentin, qui démontrent expreſſément le contraire. Et cet homme noir eſt un Belître, un Athée, un Carpocratien, qui mériterait d'orner un auto-dafé; on en a brûlé en cérémonie pour l'édification des fidèles, qui le méritaient moins que lui. Vous voyez bien à ma réponſe modérée que je ſuis un homme de bien, & que j'ai trois cents raiſons contre une.

Ceci n'eſt qu'abſurde; mais l'atrocité s'eſt trop ſouvent unie à la démence. Que de Sejans ont faſciné les yeux des Tibères! Que de Calvins ont fait brûler des Servet! Que de Guerin, de Garaſſe ont pourſuivi des Théophile! Que de gibets, de bûchers, de tourmens de toute eſpèce, pour faire penſer ſainement les hommes, & leur apprendre à raiſonner! Indignes tyrans, non contens de les abrutir, vous les avez maſſacrés ſans pitié, lorſqu'ils n'ont pu concevoir les délires de votre imagination. Vous avez enſeigné vos affreux ſyllogiſmes par la flamme & le fer. Vos noms ſont dénoncés à la postérité; voués à l'horreur de tous les siècles, c'est vous, barbares, qui avez allumé les bûchers des Cevennes; ordonné les massacres du Piémont, de la Valteline, de l'Allemagne, de l'Angleterre, d'Ecosse & d'Irlande. Ce sont vos pitoyables argumens qui ont assassiné Charles I, mis un poignard aux mains des Clément, des Châtel, des Ravaillac, préparé le massacre de la S. Barthélemi, & tous ceux commis précédemment au nom d'un Dieu de paix, depuis le parricide Constantin jusqu'à nos jours. Vingt-sept schismes ont ensanglanté la Chaire de Saint Pierre, & quarante l'ont profanée. Douze millions d'hommes ont péri dans le nouveau monde, & toutes ces horreurs sont votre ouvrage. On me pardonnera l'indignation, quand je vois ceux qui étaient à la tête de ces atrocités, revêtus d'un pouvoir suprême, auguste & révéré. Quand je vois des Evêques, des Papes, tenant un crucifix à la main, & dans l'autre un poignard : quand ils se défont de leurs ennemis, par les assassinats ; & le poison qu'un Jean XI, Jean XII, Jean XVIII, un Grégoire VII, des Boniface VIII, un Alexandre VI, ont rempli le Vatican de sacrilèges, d'empoisonnemens, d'incestes. O Religion très-sainte ! vous avez eu des chefs abominables, il le faut avouer à regret. En se disant l'appui de vos dogmes sacrés, ils n'ont soutenu que leur ambition insatiable, leur avarice sordide. Ils ont voulu couvrir d'un manteau respecté leur débauche & leur scélératesse. Plus ils ont été des monstres dignes de l'échaffaud, plus le Chrétien doit redoubler de ferveur, & tâcher d'effacer tant d'atrocités ; de fermer, s'il se peut jamais, des blessures qui saignent encore. Des Prélats, des Papes ont été des scélérats ; mais Jésus-Christ est Jésus-Christ.

Hélas ! jusqu'à quand répétera-t-on, osera-t-on dire, que les yeux ne sont pas faits pour voir le jour ! que la raiſon n'eſt pas faite pour raiſonner ! Il vaudrait autant dire que l'homme a la faculté de marcher pour reſter toujours aſſis. Je t'entends crier, vieux Docteur, qu'il eſt des préjugés utiles, que la lumière eſt très-ſouvent dangereuſe, j'en conviens ; mais c'eſt pour toi, non pour l'homme en général. Tu crois triompher ; & tu dis, on a abuſé de la ſcience. Cite-moi un exemple de ton abus imaginaire ; compile, ramaſſe tout ce que la déraiſon a répandu ; mets à contribution les erreurs de tous les temps ; interroge tes illuſtres confrères, & tu vas voir que c'eſt la ſtupidité, l'ignorance qui a fait tous les crimes. Si tu te caſſes le cou, les ténèbres peuvent en être la cauſe, mais non le jour. Des préjugés utiles ! à quelle ſottiſe eſt-on obligé d'avoir recours, quand une fois on a laiſſé échapper le fil qui doit conduire tous les hommes au bonheur, & par une conſéquence néceſſaire à la vertu ! Pauvre homme, pauvre raiſonneur, ſais-tu ce que tu dis! ſais-tu que préjugé ſignifie jugement avant d'avoir réfléchi : tu es battu par la forme, voyons le fond.

Avoue que c'eſt un affreux préjugé qui a étendu Calas ſur la roue; que ſi les Juges avaient réfléchi avant cet aſſaſſinat, il n'aurait pas expiré à ſoixante-huit ans dans des tourmens horribles. Sa famille n'aurait pas été plongée dans l'abandon, juſqu'à ce qu'un homme, que tous les Arts, la Philoſophie, l'humanité doivent pleurer à jamais, ait pris ſa défenſe.

Ce ſont des préjugés qui ont enfanté le fanatiſme, la ſuperſtition, qui, à leur tour, en ont fait naître. Ce ſont eux qui ont fait croire à la magie, au pouvoir d'évoquer le Diable & les Saints. Ce ſont des préjugés barbares qui ont fait condamner au feu cent mille malheureux, pour avoir été au Sabbat; pour avoir cru voler, à tire d'aile, affourchés ſur un manche à balai; pour avoir baiſé le cul du Diable ; pour avoir eu l'honneur de manger à ſa table d'un ragoût noir, qui ne valait pas l'hôte honnête qui les régalait. Ce ſont ces vieux enfans de cerveaux fêlés, qui ont produit les Incubes, les Succubes, & toute leur honorable famille, que la lumière & la philoſophie ont replongés dans le chaos ou le néant d'où ils étaient ſortis. Tu dois penſer, ſuivant la juſteſſe de tes principes, que leurs deſtructeurs intrépides ſont des gens abominables. A la bonne heure, chacun ſon ſentiment. C'eſt un droit éternel. Moi, je leur dreſſe des autels, tandis que tu voudrais cordialement, & pour la plus grande édification, les empaler, ou leur faire chauffer tout doucement la plante des pieds avec du bois vert (*).

Ces brigands, qui ont ravagé la terre,

(*) Manière de corriger ceux qui avaient des opinions choiſies.

étaient-ils inſtruits, ou plongés dans la barbarie de l'ignorance? C'étaient des bêtes farouches qui menaient des tigres au carnage; l'ignorance, les préjugés font la guerre, la vérité conſole & fait la paix. Des droits mal connus, conteſtés, ont renverſé les Empires ſur les Empires, une partie du globe ſur le globe. Qu'avait à démêler l'Europe avec l'Aſie dans le délire des Croiſades? J'en demande pardon à l'Hermite Pierre, à S. Bernard; ce million d'hommes qui a péri par le fer des Muſulmans, par la peſte, la famine, a-t-il augmenté ſon bonheur? S. Louis, digne de nos reſpects en ſa qualité de Saint & comme Roi de France, qui fut vaincu, même quelque choſe de plus, & mourut ſur les ſables de Tunis; a-t-il enrichi ſon Royaume d'une obole, par ces expéditions que le Ciel a réprouvées? Elles n'ont enrichi que des Moines. Hélas! nous ſavons qu'il fut épuiſé d'argent & d'hommes, ſans leſquels l'argent n'eſt qu'une richeſſe idéale.

Si on avait connu l'étendue de ſes droits, on aurait vu qu'on n'avait rien à démêler avec les poſſeſſeurs infidèles à la vérité de ce pays ſacré; mais ils le poſſédaient; leur défenſe était juſte, autant que l'attaque était bizarre & d'un ridicule injuſte, que l'ignorance peut ſeule excuſer. Les barbares Ottomans avaient chaſſé d'autres barbares, fallait-il les imiter? Les cruautés peuvent-elles faire pardonner les barbaries? La démence peut-elle autoriſer la folie? Qui pourrait approuver les débauches, les ſuperſtitions, les brigandages commis par les Croiſés en Allemagne, en Hongrie, à Spire, à Worms, & ſur tous les lieux de leur paſſage? Ce fut l'affreux prélude de la deſtruction. Je m'arrête un moment ſur les bords de la Méditerranée; je ne peux, au premier aſpect, me défendre d'un mouvement d'admiration, mêlé de douleur & de pitié. Je vois les flots se courber, ployer sous le fardeau énorme de tant de mâts, de ces forêts mouvantes : quels efforts de la fatale politique de ce siècle plein d'héroïsme & de barbarie ! Que de bras il a fallu arracher à la culture, à d'utiles travaux pour consommer les projets qu'avaient conçus quelques têtes en délire ! Les voilà ces superstitieux Chevaliers, qui voguent paisiblement vers les murs habités par les Musulmans. Les voilà qui, au nom d'un Dieu de paix, s'apprêtent & volent au carnage. Mais quel sera leur retour ? Ils s'entretiennent pendant leur voyage de l'espoir d'être bientôt maîtres de ces lieux révérés. L'un porte sur lui le chiffre de sa Dame, un autre une armure bénite ; il raconte qu'il a fait don à la sainte Vierge & à S. Bernard, qui a bien voulu, par procuration, accepter pour elle, de quatre ou cinq Châteaux, avec les terres, forêts, fiefs, domaines & vassaux en dépendans ; qu'il en a reçu en revanche un très-beau ſcapulaire, ſa bénédiction, & une des premières places dans le Paradis, après les Séraphins, dans le cas qu'il périſſe dans cette expédition, & qu'il ait le bonheur d'arroſer de ſon ſang cette terre où le fils d'un Dieu a perdu la vie. Le voilà qui vogue avec ſon ſcapulaire, très-riche, & n'ayant pas un ſou.

Le vent les porte en peu de jours vers ces lieux, où, choſe étrange, les infidèles ne ſe doutent ſeulement pas de la naiſſance de notre divin Sauveur, de ſa vie & de ſa mort. Mais dont, par une grace ſpéciale, nous avons, dans notre occident, le bonheur d'être inſtruits. Le Ciel ſemble d'abord favoriſer leur ſainte extravagance; mais qu'il leur fait payer cher des ſuccès qu'il déſavoue! En vain Damiette tombe en leur pouvoir; en vain la Syrie couverte de ruines, teinte du ſang des vainqueurs & des vaincus, devient leur proie; ils perdent en peu de temps ce qui leur avait coûté tant de peines & de travaux. Enfin, les triſtes débris de ces armées tumultueuſes repaſſent en Europe, y rapportent pour tout fruit de ces expéditions, la peſte & la lèpre, qui lui étaient inconnues. Voilà les maux qu'a faits l'ignorance. Qu'on me cite le mal qu'a fait la vérité? ce ſont de grandes calamités. Si je voulais entrer dans le détail des malheurs particuliers cauſés par l'ignorance, des hommes écraſés par l'envie, par le fanatiſme & par la tyrannie, le tableau ſerait effrayant. Triſte pédant, malheureux fauteur du menſonge, ſi je voulais t'accabler, je te menerais dans les donjons; je deſcendrais avec toi dans les cachots de l'inquiſition; j'interrogerais devant toi ces victimes condamnées à ne point voir le jour, ou à le perdre dans l'opprobre & les tourmens; j'appellerais tous les ſiècles, & tu verrais qu'il ne s'eſt pas écoulé une année, un mois, un jour, ſans que l'ignorance n'ait frappé quelque malheureux.

En

En physique comme en morale, l'ignorance a été funeste. Tandis qu'on croyait qu'il y avait des jours réprouvés, ou propices pour semer ou récolter, on a souvent perdu le fruit de ses travaux. Des Astrologues, presque toujours démentis, & par-tout toujours crus, ont perpétué le mensonge & l'erreur. Un Aruspice criait : je vois dans les entrailles de ce poulet d'inde, qu'il est dangereux de se mettre aujourd'hui en défense contre les Gaulois ; il faut attendre ; & les Gaulois entraient dans Rome.

C'est l'ignorance impudente qui a osé dire ce qui n'existait pas, qui a prédit l'avenir. C'est elle qui fait les Alchimistes, la transmutation des métaux, qui ne s'est jamais opérée que dans les fourneaux & sous le soufflet des Charlatans : le grand-œuvre a ruiné de grands Seigneurs, & enrichi quelques fripons. Nous voyons ce que la nature fait, mais comment ? nous ne le savons pas. Pauvres gens, qui d'un ton magiſtral, nous donnez des rêves pour des vérités; qui croyez ou feignez de croire que vous aſſiſtez aux travaux éternels; que de momens perdus! Vous faites aujourd'hui un ſyſtême bien appuyé, le fruit conſtant, dites-vous, de quarante ans d'expérience; demain une épreuve nouvelle fait crouler l'édifice qui vous a coûté tant de travaux. Non que je veuille attenter à l'œuvre du génie, que je veuille décourager ces hommes rares, dont le travail opiniâtre a ſoulevé un coin du voile qui couvre l'éternel ouvrier. Mais je dirai, qu'où la ſcience doute & balance, l'erreur affirme; que l'orgueil la ſoutient & marche à ſes côtés; que les diſputes interminables l'accompagnent, que les injures en ſont la ſuite, que trop ſouvent le malheur de l'homme a été cauſé pour des mots que les deux partis n'entendaient pas, que la flamme & le feu ont été employés pour deviner des charades: l'ignorance couverte de pouſſière, environnée d'*in-folio*, se pavane dans un vaste auditoire, & décide au milieu des combattans; juge des coups, & prononce ses arrêts d'un ton didactique : ce qui est vrai aujourd'hui à ce tribunal suprême, demain cessera de l'être, & l'ignorance a toujours sainement jugé. Plus elle fait de bévues, plus elle est révérée : & ses nombreux favoris, de crier *bravo*, c'est à merveille. Seule dans un coin la vérité gémit.

Hélas! il est trop vrai; on a proscrit ce que depuis on a aprouvé, & approuvé ce que depuis on a proscrit. Qu'on ne croie pas pour cela que la vérité a succédé au mensonge; non, le plus souvent l'erreur succèda à l'erreur. Les emprisonnemens, les violences, les chaînes, les cachots, furent ses détestables appuis; & le sang n'a coulé que pour l'ignorance.

S'est-on massacré pour les élémens d'Euclide, pour les propositions, les théorêmes d'Archimède? Non, sans doute.

Parce que nos pères étaient aveugles, faut-il

couper le bras qui nous apporte un flambeau? Je le répète, toute vérité morale ou physique est un bien ; il n'y a que les fripons à qui la nuit soit profitable.

Je le dis à l'Archonte, à l'Aréopagiste, aux Tyrans, aux Scélérats politiques, qui croient avoir fait un pas de conséquence, quand, à force d'intrigue & d'astuce, ils sont parvenus à tromper leur ennemi. Hé bien, tu le fais dupe aujourd'hui, demain viendra son tour; & crois qu'il peut te surpasser dans l'art dont tu lui as donné l'exemple.

J'accorde qu'il faut instruire, me dit un demi-raisonneur ; mais cela est bien difficile, pour ne pas dire impossible. Le peuple est un animal farouche qu'il faut tenir enchaîné. Eh ! mon ami, que de sottises en peu de mots ! Il est, dis-tu, bien difficile, pour ne pas dire impossible, d'éclairer une Nation qu'on a abrutie. Dis, au contraire, qu'il a fallu des efforts incroyables pour la plonger dans la ſtupidité & le malheur qui en eſt la ſuite. Que ſi le peuple paraît farouche, c'eſt qu'il ſecoue les chaînes dont il eſt écraſé. Il a le ſentiment indélébile de ſa liberté antique ; liberté qui n'a jamais pu & ne peut conſiſter que dans l'obéiſſance aux Loix que la ſageſſe & la nature ont dictées. La licence n'eſt qu'une infraction, un attentat à ces Loix, qui tiennent unis tous les Membres d'un Etat. Il faut éclairer le peuple, lui calculer que ſans cette obéiſſance il n'eſt point de bonheur. Des hommes légers & corrompus prennent cette vérité pour les rêves, tout au plus, d'un homme de bien ; oui, Meſſieurs, je le dis, l'art d'être heureux ſe calcule ; cette ſcience, peu cultivée, qui rend l'homme à la vertu, dépend des Rois, des Magiſtrats, des Paſteurs. Qu'on établiſſe des Chaires de morale où l'on faſſe voir qu'elle eſt appuyée ſur l'intérêt temporel ; après on parlera des Dieux. Mais l'homme étant fait pour vivre avec des hommes, on doit lui parler d'abord des rapports néceſſaires qui les uniſſent entre eux ; lui prouver que s'il le viole, le malheur ſuivra cette tranſgreſſion de l'ordre éternel.

Il ne faut point tenter en vain d'anéantir ſes paſſions ; il faut les diriger. Sans elles, point de vertus réelles, ni même fantaſtiques ; ſans elles point d'amour, d'amitié, d'humanité, de bienfaiſance, de généroſité, ſans elles, on n'aimerait ni Dieu ni les hommes. Point de vertus ſans paſſions, point de paſſions ſans vertus. L'excès gâte tout ; l'économie dégénère en avarice, l'amour en fureur, la généroſité en prodigalité, l'amour de ſa Religion, de ſon Dieu, excluſif, en fanatiſme, &c. & de-là les malheurs épouvantables qui affligent l'humanité.

On ne doit entendre par paſſions que les modifications de la vertu. Les abus ne ſont que le produit du vice & de l'ignorance.

On a dit, & on répète, que le mal eſt aiſé, & le bien difficile. Erreur de l'eſprit. L'expérience, le cœur dément cette maxime aussi fausse que dangereuse. Interrogez un scélérat & un homme vertueux, vous verrez que la vie du scélérat n'a été semée que de soucis, d'anxiétés, de remords, qu'il s'est donné bien de la peine pour être malheureux, & qu'il voudrait n'être pas né. Le plus ou le moins de malheur est en raison de la perversité. Voyez, au contraire, le sage, l'homme vertueux; son front serein est l'image de son cœur. Il n'est point sillonné par des insomnies cruelles; il sait qu'il ne peut jouir que d'une portion de bonheur, & il s'y soumet sans peine. Opposons quelques lignes à de gros volumes. Disons que le chemin frayé par le crime est rempli de précipices, que celui de la sagesse & des vertus, non pas de ces vertus de convention & fanatiques, est semé d'autant de bonheur que la nature de l'homme le comporte. Nous soumettrons ailleurs ces principes à l'analyse la plus rigoureuse. Nous avertissons qu'on ne trouvera point dans notre examen les Vertus Cardinales, Théologales, &c. Elles ſont au-deſſus de nos forces ; pour en bien parler, il faut être inſpiré ; & nous avouons que nous ſommes loin de l'être. Ce fardeau écraſerait notre faibleſſe : pleins de reſpect pour la Religion, nous laiſſons à ſes Miniſtres le ſoin d'en développer la profondeur, & de la faire concevoir auſſi bien qu'ils la comprennent.

Ce qui m'a toujours cônfondu, c'eſt qu'à la honte de la raiſon, il eſt des Chaires où l'on parle auſſi familiérement de la nature de Dieu, que du ſuccès ou de la chûte d'un opéra ; & qu'il n'en eſt pas une conſacrée à parler de l'homme ; où l'on poſe pour principe de toute félicité individuelle, le devoir indiſpenſable de s'occuper de celle des hommes en général ; où l'on développe les rapports qui les uniſſent, ou devraient les unir.

Tant qu'on ne donnera à la ſcience des mœurs qu'une baſe équivoque; tant qu'on dira que la perſuaſion, qui ne dépend pas de ſoi, que l'eſpérance, ſont des vertus, les hommes livrés au délire, abandonnés dans le vide, ne ſauront ſur quoi s'arrêter. On ne devra point s'étonner de voir la ſociété affligée de maux que l'on croit incurables; le ſcélérat triomphant ſur des ruines, malheureux en croyant atteindre au bonheur. Tout y tend, tout y aſpire. C'eſt le but unique du juſte & du méchant, du fakir qui ſe mutile, qui ſe fait murer dans un trou, de l'homme frivole & diſſipé.

Qu'on prenne quelque ſcélérat puiſſant autrefois, & dévoué maintenant à l'exécration publique; qu'on lève le maſque qui le couvre, qu'on dévoile à tous les yeux ſes démarches pénibles & criminelles, qu'on diſe il a eu cet emploi en trahiſſant l'honneur & l'amitié, qui a reconnu ſa perfidie, en trafiquant du ſang du juſte. Qu'on marque cet indigne écrivain qui a vendu ſa plume à l'indigne ennemi d'un homme respectable & malheureux; c'est ainsi que par des exemples frappans on calculera la morale d'une manière capable d'effrayer ceux qui feraient tentés de ressembler à ces hommes marqués du sceau de l'infamie. On n'est point cependant obligé d'avoir recours à ces exemples pour prouver que l'homme est nécessaire au bonheur de l'homme, qu'il ne peut en rien déranger celui de Dieu, quoi qu'il soit dit quelque part qu'il s'est repenti; mais c'est pour se conformer au langage ordinaire. Le repentir est un mode de la douleur.

Toute société n'est & ne peut être fondée que sur la jouissance mutuelle qu'elle se promet. Cet accord tacite unit l'agriculteur à l'artisan, l'artisan à l'agriculteur, les unit tous deux au Monarque, qui, à son tour, leur promet de faire leur bonheur, autant que ses forces morales le permettront. Le Prêtre leur promet plus encore, il s'engage à faire leur bonheur temporel, pour prix des biens qu'il en reçoit, & leur dispense le spirituel par-dessus le marché : bonté vraiment paternelle, & qui mérite très-fort les biens immenses dont jouissent Bernardins, Carmes, Cordeliers, Bénédictins, &c. &c. tous gens vraiment utiles, & plus nécessaires qu'on ne pense; plus à considérer que le Laboureur qui les nourrit, & l'Artisan qui les couvre.

Ils sont en possession de les prêcher, & le sont par un privilège exclusif; mais malgré les sermons dont ils les endorment, ils n'en sont pas meilleurs. Il faut donc qu'il y ait un vice radical dans ces prédications, car l'homme entend la raison quand on la lui montre revêtue de toutes ses forces. Ainsi, au lieu de se perdre avec lui dans des régions peu soumises à l'entendement, il faut lui calculer qu'un vice, quoique en apparence heureux, produit toujours & nécessairement le malheur : ce sera lui prêcher la vertu par ses intérêts temporels; mais qu'importe, pourvu qu'il soit honnête homme. Je ſais gré à Moïſe de l'avoir ainſi recommandée à ſa horde barbare; mais le mélange qu'il fit de différens préceptes l'empêcha de profiter de ceux qui étaient faits pour adoucir ſes mœurs, & rendit le peuple de Dieu le plus exécrable dont la mémoire ſoit parvenue juſqu'à nous. Qu'on n'oublie jamais que nous ne parlons qu'en homme, & à des hommes; que nous révérons tout ce qu'il faut révérer; que quelque homme charitable n'aille pas empoiſonner tout ce que nous diſons; nous proteſtons de la pureté de nos intentions.

Nous diſons, humainement parlant, que la crainte des ſupplices éternels ne peut arrêter que les ames timorées, & qui ſans elles n'euſſent jamais été capables de troubler l'ordre; mais qu'elle ne peut retenir des ſcélérats l'énergie malheureuſe, qui ne voient ni la mort ni les tourmens dont ils ſont menacés. C'eſt à eux qu'il importe de prouver que le crime heureux eſt un paradoxe, un délire du cœur & de l'eſprit. Il eſt auſſi faux que le vice puiſſe jouir du repos & du bonheur, qu'il l'eſt qu'un homme d'un vrai génie puiſſe ne pas aimer la vertu. J'ai ſouvent entendu répéter cette plate extravagance : il avait du génie, mais c'était un malhonnête homme. Qu'es-tu, toi, qui ſors d'un lieu de proſtitution, pour oſer juger des hommes dont tu n'as jamais été digne d'approcher? Quel eſt ton privilège à toi qui, ſans talens, ſans mérite, crois diſpenſer, oſer peſer le génie & la vertu? On ne peut ſe défendre d'un ſourire de pitié. Petit Sultan honni, rentre dans ton ſérail, & laiſſe en paix des mânes qui feront l'honneur éternel de la Nation & du genre humain, & mérite d'être oublié.

Tant qu'on ne changera pas la maniere d'enſeigner la morale; que ce ne ſera qu'un galimathias auquel le Philoſophe ne pourra rien comprendre; qu'on mêlera, par un accord étrange, ce qui eſt de Dieu & de l'homme, on doit s'attendre qu'il ſera toujours en proie à l'incertitude, au vice & au malheur. Le déſeſpoir, les regrets, les remords & la honte ont ſuivi juſqu'à leur trépas les Conſtantin, les Cromwel, les Alexandre VI; ils n'ont eu ni jours ni nuits tranquilles, & ont terminé leurs jours déteſtés dans les angoiſſes de la mort & du crime, en horreur à tous les ſiècles: la nature a vengé les hommes, le ſage eſt mort tranquille & regretté.

Ecoute donc, ô mortel! dans quelque rang que tu ſois placé, écoute la nature. Vous, ſur-tout, faits pour l'inſtruire & travailler à ſon bonheur, ouvrez-lui la route qui y conduit; inſtruiſez-vous pour l'éclairer: ſi la vertu vous eſt chère, ſon amour vous dictera des expreſſions énergiques, que le moment, la ſituation des auditeurs rendra précieuſes. Si vous avez le vice en horreur, vous donnerez des couleurs frappantes aux regrets, aux remords, aux tourmens, aux malheurs de toute eſpèce dont il sème la vie. Mettez l'un & l'autre en parallèle. Oppoſez l'homme vertueux au méchant. Des ſcélérats publics, dévoilés, punis par les Loix, vous fourniront l'occaſion de peindre leur crime & leur châtiment. Vous calculerez ce qu'ils ont perdu, ce qu'ils auraient été s'ils euſſent aimé la vertu. Alors vous la revêtirez de tous ſes charmes, vous nommerez un homme recommandable par le bien qu'il aura fait, cher aux malheureux, dont il a eſſuyé les larmes : O Prêtres! ô Miniſtres! ſachez que celui qui méritera d'être cité par vous, ſera en vénération; on ne prononcera ſon nom qu'avec un reſpect religieux : on dira, voilà où il habitait, voilà la demeure du ſage, & on voudra lui reſſembler. Mais ſéparez le dogme de la morale, il eſt eſſentiel, mais elle vaut beaucoup mieux pour ſon bonheur temporel; analyſez tous les vices, revenez ſur vos pas, inſiſtez ſur ceux dont le climat, le temps, les circonſtances ont fait contracter la fatale habitude : eſpérez enſuite de la converſion, du bonheur, du ſalut du genre humain.

Comment ce Craſſus ſerait-il heureux? Plein de mets & de vin, un char le traîne à l'Opéra. Sourd aux accens des Orphées de la France, il dort ; la pièce finit : ſa maîtreſſe affamée ; qui, à ſes côtés, a écouté les vœux d'un autre amant, l'éveille ; il roule des yeux où l'intempérance eſt peinte ; il ſe ſoulève avec effort, deſcend, remonte avec peine dans ſa voiture. Son Cocher le reconduit à ſon Palais, où l'art étale en vain, à ſon œil blaſé, ſes chef-d'œuvres. Il mène quelques années cette vie, qui tient de la végétation. Il meurt enfin, ſans faire couler une larme. A-t-il vécu? Non. On vit par le bien & la penſée.

Il ſerait très-utile que les pères de famille menaſſent leurs enfans voir le ſpectacle hideux & déplorable de ces imprudens malheureux qu'on qu'on traite dans les hôpitaux, de cette maladie épouvantable qui contraïie la nature. Cet affreux ſpectacle ferait plus d'effet ſur eux, que les peines éternelles dont on veut les effrayer. La Religion eſt muette quand une paſſion violente entraîne ; les tyrans, les ſcélérats fameux l'ont oubliée, mépriſée, quand des intérêts trompeurs les ont conduits.

N'oublions jamais que l'Univers eſt fait pour en jouir en commun ; les fous qui ont condamné les plaiſirs dans la juſte proportion que preſcrit la nature, ont outragé ſon auteur. Homme mélancolique, condamne l'excès ; mais, ainſi que les Dieux, permets l'uſage. Iſole-toi, ſi tu le veux ; mais ſouffre que je vive en ſociété, & laiſſe-moi jouir du bonheur en le rendant à mes frères. Ou plutôt, ſors de ton trou, & travaille à ton bonheur en faiſant celui d'autrui, & ne t'amuſe plus à deviner des logogriphes : ou du moins, ſi tu ne veux pas être utile, que ta folie ne ſoit point atroce & nuisible. Quelques insensés, pareils à toi, quelques fourbes hardis, aidés des circonstances, s'étant emparés de l'opinion publique, se sont arrogés le droit exclusif de penser. De-là les progrès si lents de l'esprit humain, de-là cette apathie, ce dégradement, où il tomba pendant des milliers de siecles, & dont il ne sortit que par des convulsions épouvantables. Grave bien dans ton cerveau que l'avenir ne peut rien pour le bonheur présent. Demander aux Dieux une autre félicité que celle qu'offre l'instant qu'ils nous accordent, est un délire. C'est les servir, remplir la tâche qu'ils nous imposent, que d'être heureux sans nuire aux hommes.

Mais il ne suffit point de ne pas leur nuire, il faut les servir. Je connais un vil traitant qui mérite le malheur qui l'assiège. Une femme vertueuse & infortunée fut adressée, il y a peu de temps, à ce Crésus, aussi riche qu'inexorable. Une lettre d'un homme sensible lui peignait ſa ſituation déplorable ; qui le croirait ? cet indigne homme, qui entretient des filles de joie, ce ſuppôt impuiſſant du ſcandale & de la débauche, la reçut avec le ſouris de l'ironie, en l'aſſurant qu'il était tyranniſé tous les jours par de pareilles demandes, qu'il n'en écoutait aucune ; & ce fut tout ce que ſes pleurs purent en obtenir. Eh ! malheureux, paie moins cher tes filles gangrenées, & ſoutiens l'indigence honnête, que le défaut d'occupation, que des maladies ont plongée dans l'infortune. C'eſt ainſi que tu pourras t'endormir & te réveiller, content & heureux du bonheur d'autrui, qui ſera ton ouvrage.

Eſpérons que l'erreur ne règnera pas toujours, que l'art d'être heureux recevra de la philoſophie tout le développement qui lui eſt néceſſaire, pour être appliqué à toutes les circonſtances de la vie ; que ſi l'ignorance a fait diſparaître la vérité, elle reviendra dès que le Gouvernement manifeſtera ſa volonté. Parmi les paradoxes qui ſont répandus, on a ſouvent répété que l'erreur enracinée était auſſi difficile à détruire que la vérité. Oui, ſi l'on attaque l'ignorance avec les armes de l'ignorance; mais ſi l'on apporte le jour dans les ténèbres, on voit s'enfuir toutes les chimères, tous les fantômes, vains enfans de la nuit, & qui n'épouvantent que les ames faibles & puſillanimes. Un Roi qui veut le bien, & qui ſent ſes forces, peut réparer en un inſtant les maux de vingt ſiècles d'ignorance; elle détruit lentement; & la vraie philoſophie touche l'édifice bizarre qu'elle a élevé, & il diſparaît.

La barbarie n'a pas uſurpé tout d'un coup la place des Orateurs Grecs & Romains. Un Aga n'a pas toujours & ſubitement fait ſa ronde où floriſſait Athènes. Des Capucins n'ont pas hérité tout d'un coup du Temple de Jupiter tonnant. La révolution bien heureuſe & ſans égale qui a fait paſſer les ſucceſſeurs de Simon Barjone, des caves, des galetas, où ils ſe tenaient cachés ſur le trône des Céſars, ne s'eſt opérée qu'avec le temps; & bien nous en prend. Que ſerions-nous devenus ſi des Titus, des Trajan, des Marc-Aurèle euſſent toujours tenu le ſceptre du monde? Un Pape n'eſt pas comparable, ſans doute, à un Empereur Romain; & il vaut beaucoup mieux qu'un Jean XVIII, un Grégoire VII, un Alexandre VI, aient pris leur place. Car ſi notre ſainte Religion a été profanée par eux, elle n'eſt pas moins vénérable; & il vaut beaucoup mieux que quelques Papes ſoient damnés, que tout le genre humain; leur ſcélérateſſe ne doit ſervir qu'à nous montrer qu'il eſt des écueils dans cette vie malheureuſe, & que, pour les éviter, il faut calculer la morale.

Tout ſe plaint, tout murmure; & tous, en pleurant, arrivent du malheur à la mort. Des empoiſonneurs donnent des remèdes; on étaye avec des roſeaux un édifice qui s'écroule ſous la main qui le rebâtit. Celui qui, oubliant que le bonheur était à tous, & non le partage d'un individu, oſa dire dans le fond de ſon cœur : ſi je pouvais avoir le champ de mon frère, ſa charrue, ſes troupeaux, je ſerais le plus riche de ce vallon, & par conſéquent le plus heureux. Je pourrais vivre ſans travailler, d'autres bras s'emploieraient pour moi; tranquille, je n'aurais qu'à commander, mit tous les maux dans l'univers. Cette idée égare ſa cruelle indolence; mais il ne peut eſpérer d'en être jamais le poſſeſſeur; ſon frère eſt robuſte & plus jeune que lui. Il s'arrête un jour à cette funeſte idée: Enfin, il ne peut dormir, cette penſée l'obsède; il ſe lève; il démêle, à travers les ténèbres, le lit de ſon frère. Il s'approche, il le voit jouir d'un paiſible repos; qu'il eſt heureux! s'écrie-t-il d'une voix féroce, & s'enfuit. Ce cri éveille ſon frère, l'épouvante: il ſe lève, court après lui, le rencontre, se jette entre ses bras. — Ah! traître, c'en est trop, tu me poursuis; & d'un coup de soc de charrue, qu'il rencontre, il l'étend à ses pieds. Enfin, dit-il, tes possessions sont en mon pouvoir. Mais que sa joie parricide est courte, ou plutôt son délire barbare! Le sang fraternel s'élève contre lui, son front pâlissant porte le sceau de la vengeance de la nature, dont les ministres inévitables sont l'effroi, les remords & le malheur; le calme des déserts épouvantés lui crie, malheureux, tu as égorgé ton frère! Ah! peut-il être heureux? Non, il succombe, il meurt déchiré par les furies.

C'est la violation du tien & du mien qui fit commettre des barbaries. On abuse de son éloquence, quand on peut dire que l'homme qui a enclos d'un fossé le champ qui le nourrit à force de travaux, est abominable; qu'on s'écrie, arrachez ces pieux qui empêchent qu'on ne récolte où l'on n'a point semé; qu'on ne puisse jouir des fruits que les sueurs d'un autre ont fait naître. La terre est en commun. Ce sont ces phrases de Rhéteur qui éblouissent des Ecoliers. L'on peut dire que de pareils principes conduisent à la Grève. Ce sont eux qui ont fait commettre des atrocités. C'est l'audace effrénée qui a osé franchir la haie que ma main a plantée ; s'emparer des fruits que mes travaux ont fait croître. Je les défends ; ma défense est juste, & l'attaque un attentat à ma propriété légitime. Si ces principes sont faux, il n'est rien de vrai dans la nature.

L'homme est né pour le travail. L'indolence, la paresse n'ont droit à rien. Rends du moins, en travail moral, ce que l'on donne à tes besoins physiques. Je sais un gré infini aux enfans de S. Bernard, de S. Benoît, de S. Jacques, de S. François, &c. de prier Dieu pour moi ; mais s'ils voulaient être utiles, & rentrer dans l'ordre social, travailler pour le temporel, je tâcherais de fléchir moi-même le Dieu qui en a fait un beſoin. Il eſt vrai que je lui parle très-peu en Latin, encore moins en Hébreu, Langue riche & ſonore, comme on ſait ; il eſt vrai qu'il préfère ſurtout la dernière à nos jargons un peu rudes & dénués de ces belles figures, connues autrefois ſur les bords du lac Sirbon, & dans les déſerts de Sinaï. Mais j'eſpère qu'il verrait ma faibleſſe avec indulgence, attribut néceſſaire du Dieu de la bonté.

Prouvez bien que le travail eſt néceſſaire, qu'il n'y a de faible, de puſillanime, de méchant que l'homme oiſif, qui veut vivre aux dépens d'autrui. C'eſt le travail qui entretient les forces morales & phyſiques. Gardez-vous de dire que tout eſt en commun, c'eſt un délire d'enthouſiaſte ; mais qu'il eſt des propriétés qu'il faut reſpecter ; que les fruits du champ que mes ſueurs ont arroſé m'appartiennent ; que nul homme n'a droit d'y prétendre, ou le droit que donne un échange volontaire, ſoit en valeur réelle ou fictive. Il eſt juſte qu'il contribue aux charges de l'Etat, puiſque c'eſt lui qui m'en aſſure la propriété.

Mais qu'un Charlatan, qu'un Marchand de baume pour la brûlure, me prenne dix boiſſeaux de blé ſur cent; qu'il veuille me perſuader que mes dix boiſſeaux lui appartiennent; que mon champ, mes troupeaux & mon chien ſeraient maudits, ſi je ne nourriſſais pas, à ne rien faire, lui & quelques Négromans. Quoique bon-homme, ne vous ſentirez-vous pas des démangeaiſons dans les mains, ne feriez-vous pas tenté de roſſer ce robuſte fainéant, de le chaſſer comme les abeilles font les bourdons?

Travaille donc, ô homme! ne ſois pas dans la claſſe onéreuſe. Ta ſanté, ton repos en dépendent. Rends travail pour travail, ſi tu veux jouir de toutes tes facultés.

O Rois! ô Magiſtrats! ô Miniſtres de la

Religion ! votre concours eſt néceſſaire pour réformer l'Univers ; pour le bonheur du monde ; n'abandonnez pas l'homme dans l'abyme où il eſt plongé, dans ce labyrinthe bordé de malheurs, d'abſurdités & de crimes. Rois, établiſſez des chaires de morale ; Paſteurs, que vos ſermons ne ſoient plus des lieux communs dogmatiques ; Magiſtrats, veillez à la ſûreté publique ; ſongez que la félicité de l'homme eſt un dépôt qui vous eſt confié. Songez que lorſqu'il verra que ſes intérêts temporels ne ſont appuyés que ſur la vertu, il ſera vertueux ; non pas par la crainte des tourmens éternels, qu'il ne croit pas ; non pas par l'eſpoir des récompenſes, quand il ne ſera plus, & dont l'éloignement diminue tout le prix à ſes yeux ; mais quand il verra qu'il ne peut faire un pas dans le crime, ſans en faire un vers le malheur, il s'arrêtera épouvanté. Ce principe eſt grand, ſon étendue n'en permet point l'application dans un ſi court eſpace que celui qu'embraſſe cet Ouvrage; dans la ſuite, on le répète, on analyſera ce qu'on n'a fait qu'indiquer.

Nous terminerons cette première partie du Commentaire ſur le Code de la Nature, par un entretien d'un homme de bien & d'un Fakir. Comme il nous a paru de la même main, nous le plaçons naturellement ici.

Un ſage paſſait un jour près de la grande Pagode, ſur les bords du Gange. Il apperçut pluſieurs Fakirs; il s'approcha: il en vit un qui lui parut auſſi vieux que le bouquin ſur lequel il était courbé. Mon père, lui dit-il, vous me ſemblez profondément occupé. – Sans doute que je le ſuis, puiſqu'il s'agit de ton bonheur & de celui du genre humain. – C'eſt, ſans doute, de la morale que traite ce livre précieux? – Que dis-tu, de la morale! apprends qu'il n'y s'agit que de ſavoir ſi Brama eſt debout ou ſe promène. Si je parviens à retenir les 457,300,000,000,000 de voyelles qu'il contient, & ſur-tout à deviner ces trois logogriphes indéchiffrables, je verrai cela auſſi clair que le jour; laiſſe-moi reprendre mes voyelles & mes logogriphes. — Mon père, dites-moi ſeulement ſi le dogme eſt plus utile que la morale? — En doutes-tu? me dit-il, toujours courbé ſur ſon bouquin. — Si je le voyais auſſi clairement que vous, je me garderais bien de vous déranger de la lecture de ce livre ſacré, utile à tout le genre humain; mais je cherche à diſſiper les nuages qui s'élèvent dans mon eſprit, & offuſquent ma raiſon; je cherche la vérité, répondez-moi de grace, pour l'amour de Brama & de ces cinq roupies. Le Fakir, à ces derniers mots, ſe dreſſa; & me regardant fixement, il me dit poliment: chien de réprouvé, je veux bien ſatisfaire ta curioſité.

ENTRETIEN D'UN PHILOSOPHE ET D'UN FAKIR.

LE FAKIR.

TU me demandes donc lequel est le plus utile à la race humaine, du dogme ou de la morale. Tu me fais pitié. Tu n'as donc jamais lû les sacrés cahiers des vénérables interprètes des Loix de Brama? Tu n'as donc pas vu ce qu'ont écrit les Mabresoi, les Gintusau, les Meroge, & les autres profonds Commentateurs?

LE PHILOSOPHE.

Non, lumière de Brama, j'ai lû & relû un Ouvrage attribué à Confucius, qui a pour titre : Qui que tu ſois, fais le bien, ſi tu veux être heureux.

LE FAKIR.

Tout cela n'eſt rien, ſi tu ne crois aux quatre cents incarnations de Viſnou ; ſi tu ne ſais la manière dont tu dois tenir la queue de la vache, à l'heure où tu rendras à d'autres créatures les élémens qui compoſent ta chétive exiſtence.

LE PHILOSOPHE.

Comment, divin Omri ! c'était le nom du perſonnage, je ne pourrais eſpérer de jouir de la portion de bonheur attachée à la vie, ſi je faiſais tout le bien qui eſt en ma puiſſance ?

LE FAKIR.

Tu pourrais prétendre à quelque bonheur vil & terreſtre ; mais le bonheur ineffable &

éternel, c'eſt bien autre choſe. Si tu ne ſais combien d'années pour aller au dix-huitième ciel, il faut être aſſis ſur ces petits clous, dont tu vois ma chaiſe parſemée; combien de temps il faut regarder le bout de ſon nez pour voir Brama dans toute ſa gloire; toutes tes vertus ne ſont que des crimes éclatans.

LE PHILOSOPHE.

Mais je cherche à être utile dans ce monde en faiſant mon bonheur, pendant le temps que je paſſerai avec mes ſemblables; je crois que Brama voit ma vie d'un œil favorable, & qu'il me pardonnera mon ignorance ſur toutes les choſes ſublimes dont vous me parlez.

LE FAKIR.

Enragé, apprends que toi & tous ceux qui te reſſemblent, irez ſur le pont aigu; & que

vos

vos ames abominables passeront dans le corps des boucs, des chiens & des vautours.

LE PHILOSOPHE.

Pour l'adoucir, je lui jetai encore cinq roupies, & je repris ainsi. O divin Omri! daignez voir en pitié les ténèbres de mon entendement; faites descendre jusque dans mon sein les célestes rayons dont vous êtes illuminé. Je suis content de la manière claire, honnête & précise avec laquelle vous avez confondu les doutes qui s'élevaient, malgré moi, dans l'obscurité dont j'étais environné. Mais il me reste des scrupules que vous leverez avec la même facilité, & une clarté aussi modérée. Je vous supplie de me dire s'il ne serait point possible que vous vissiez Brama face à face sans vous enfoncer des clous dans le derrière; & si moi, qui vous parle, je ne pourrai jouir de ce bonheur ineffable?

LE FAKIR.

Je tiens ma patience à deux mains quand je t'entends ! Comment voudrais-tu que Brama pardonnât les iniquités de tous ceux qui te reſſemblent, ſi nous ne faiſions pas, mes Confrères & moi, pénitence de vos excès ? Tu ne vois pas que ſi la terre porte des fleurs, des fruits & du riz en abondance, c'eſt le prix de nos expiations.

LE PHILOSOPHE.

J'ai cru que, pour l'ordinaire, le coupable était puni, par une ſuite néceſſaire du crime qu'il avait commis : & que vos macérations, vos chaînes, le carcan, le bât dont vous êtes chargé, n'interrompaient pas les loix éternelles, qu'ils ne faiſaient point croître un grain de riz où l'on n'avait rien ſemé, que tous les crimes des individus n'influaient pas ſur les récoltes générales du juſte. J'aurais cru offenſer Brama, en ſuppoſant le contraire.

LE FAKIR.

Impie, blaſphémateur, tu ne tends à rien moins qu'à faire déſerter nos ſaintes pagodes; qu'à empêcher les fidèles Indiens de nous apporter, comme de raiſon, la (*) cinquième partie de leurs récoltes. O Brama! je te conjure de nous délivrer de cette engeance abominable, qui oſe dire que le riz peut croître ſans nous; qu'on peut te plaire en faiſant aux autres tout le bien dont on eſt capable; & que dès cette vie, par tes loix éternelles, le coupable eſt puni de ſes attentats! Que deviendrait l'Univers ſi de telles maximes s'accréditaient?

(*) Le bon Fakir ſe trompe, c'eſt la dixième partie; ce qui revient bien à la cinquième, il eſt vrai, les frais de culture déduits: & ſon raiſonnement ſubſiſte, comme diſent les Doctes.

Comment plus de Spuken-kadaron, comment plus de.... plus de.... Ah! Brama, prends pitié de nous.

Le Fakir ameuta toutes les dévotes qui vinrent à sa pagode; elles dénoncèrent le sage au tribunal de Bénarès; mais leur délation ne fit pas fortune, le temps en était passé.

COMMENTAIRE
SUR LE
CODE DE LA NATURE.

SECONDE PARTIE.

DES SUPPLICES
ET DE LA PEINE DE MORT.

Ce ferait rendre service à la société, de jeter au feu ce vain fatras de préceptes, de loix nées dans des temps de barbarie; enfans bizarres & cruels du fanatisme, de la fourberie & de la crédulité. Que des sages adaptaſſent au climat des loix nouvelles, qui régleraient la vie des hommes, tant que le globe préſenterait, dans ſa courſe éternelle, à peu près les mêmes points à l'aſtre qui nous éclaire; car ſa ſituation, la température doivent néceſſairement & imperceptiblement changer par la période de 25920 années, que la terre doit accomplir, pour la recommencer, la finir, & la recommencer encore. Certaines loix conviennent aux peuples de la Zone Torride, & ne peuvent, ſans contrarier la nature, ſervir à ceux du Cercle polaire; il en eſt d'éternelles & d'invariables, faites pour régir tous les atomes vivans & penſans, depuis ce point qui nage dans l'étendue juſque par-delà la planète d'Erchel. *Il faut être juſte;* mais des préceptes conventionnels, donnés ſous un ciel éloigné des lieux qu'on habite, doivent lui être nuiſibles.

On ſe ſent un dégoût inſupportable quand on veut lire les loix civiles: & on éprouve un ſentiment d'indignation quand on parcourt les Codes criminels de preſque toutes les Nations. On y a traité l'homme comme une bête féroce. On croirait que des fous atroces ont fait les Loix, pas l'ombre de morale. On ne s'eſt attaché qu'à détruire les criminels, ſans s'occuper des moyens de les empêcher de l'être. On ne veut que du ſang ; ah ! malheureux contemporains , tandis que je m'occupe de la tâche pénible de vous rendre meilleurs & plus heureux, des bourreaux vous immolent !.... Hélas! triſtes humains, coupables & infortunés, pour vos jours, pour votre bonheur, vos tyrans ſeront corrigés trop tard, & vous n'en mourrez pas moins dans les tourmens.

La rigueur des loix, l'atrocité des ſupplices, enhardit à de plus grands crimes; la roue , qui eſt également pour le voleur de grand chemin comme pour l'aſſaſſin, lui met à la main un poignard ; & par un défaut barbare de la loi, l'infortuné, qui n'eût été que volé, meurt affaffiné. On l'a déja dit, mais il faut le redire encore.

Nulle proportion entre le délit & la peine. Le malheureux à qui le befoin aura fait voler un écu à fon maître, eft pendu fans miféricorde, comme celui qui lui aura volé un million. On ne confidère point fi fon âge, fes habitudes, donnent de l'efpoir au repentir : il femble qu'on ne veut enrichir que le bourreau.

Depuis long-temps on crie en vain contre la rigueur & l'inutilité des fupplices, & j'élève la voix à mon tour. Je ne refterai pas muet au milieu des cris & des gémiffemens ; j'oferai dire que tous les exemples exécrables de la cruauté n'ont été profitables qu'au barbare qui trafique du fang de l'homme. Au lieu d'avoir affaffiné, par le fer de la Loi, ces trois victimes malheureufes, qui ont péri par un fupplice horrible, il ne fallait pas les inviter au crime. On était averti que c'était des têtes en déſordre, il fallait les ſéparer; & ils n'euſſent jamais conçu le funeſte complot qui les a conduits à une fin ſi tragique. Je ne ſuis dans ce moment que l'écho de la voix publique; & ſi c'eſt un crime, tout Paris eſt coupable.

Il faut donc que la ſociété perde encore ſix bras qu'on pouvait rendre utiles, pour deux dont elle était privée; un tort réel peut-il être réparé par la ceſſation de l'exiſtence? Réparer un mal par la mort, quel délire! Le ſang verſé ſur l'échaffaud rachète-t-il, rend-il celui verſé dans la plaine? Non, non, la mort d'un meurtrier ne rend pas la vie à l'infortuné qui l'a perdue. Les travaux les plus durs, les plus dangereux, doivent être ſon partage; les entrailles de la terre, ſa demeure. Nous avons des mines où l'on reſpire la mort, où elle entre par tous les pores; qu'on l'y plonge, qu'on l'y force au travail; qu'on l'en ſorte chargé de chaînes, la pâleur ſur le front; que les lambeaux dont il ſera couvert diſent l'attentat qu'il a commis : & qu'il épouvante le fou barbare qui ſerait tenté de lui reſſembler.

On a trop répété ce mot pédanteſque, né avec des Loix barbares, & barbare comme elles ; ce mot de *Talion :* qu'entends-tu, bourreau qui le prononce ? Veux-tu dire que tu dois aſſaſſiner celui qui a verſé le ſang humain? Soit pour un moment; mais ce malheureux qui mourait de faim avec ſa femme & ſes enfans, qui vola un peu de blé à ce cruel avare, eſt mort par ta main ſacrilège. Son ſang eſt donc le prix de l'amour conjugal, de la tendreſſe paternelle?.. Les hommes ſont donc bien peu de choſe à tes yeux?... L'honneur & la vie ne l'emportent donc pas dans ton ame ſur quelques alimens de néceſſité abſolue?.... Ah! grands Dieux!..... Ah! bourreaux!.... Ah! cruels!...

Je poſe un principe que toi ſeul conteſteras. C'eſt que la ſociété, ou ceux qui croient la repréſenter, n'ont point le droit de faire ce qu'ils puniſſent. Le mot de *Talion* eſt abſurde & vandale ; il ſignifie, dans le ſens littéral, qu'on peut, qu'on doit commettre le délit que la Loi proſcrit. Ce qui eſt un crime par la volonté d'un ſeul, peut-il ceſſer de l'être par l'accord de mille ? Pluſieurs ſcélérats qui aſſaſſinent, ſont-ils moins coupables que l'homme qui ſeul expoſe ſa vie pour l'arracher ? Non, ſans doute, ils ſont plus lâches. Si vingt ſe promettent l'impunité, un ſeul peut, à plus forte raiſon, y prétendre. Mais un barbare inſiſte & dit : la ſociété a confié à pluſieurs de ſes membres le pouvoir de corriger, de punir ; ſoit : mais non d'aſſaſſiner, de verſer le ſang humain. — Leur volonté eſt l'expreſſion de la volonté générale. — Soit encore ; mais, cruel raiſonneur, je le repète, elle n'a pu céder un droit qu'elle n'a pas, le pouvoir d'arracher la vie. Montre-moi le principe ſur lequel tu appuies ta barbarie ? Je t'entends murmurer le mot de ſécurité. Eh bien, ce criminel qui marche à l'échaffaud eſt en ta puiſſance, il ne peut t'échapper. Au lieu de l'égorger, rends ſes jours encore utiles. Arrête, indigne homme, ce coupable dans un quart-d'heure va ceſſer d'être ; il ne pourra donc jamais adoucir, réparer en quelque ſorte les maux qu'il a faits à la ſociété. Ce coupable, jeune & robuſte, ne te paraît donc bon qu'à envoyer à la mort ! Homme qui n'en as que le maſque, ſi ſes forces morales ſont nulles, emploie ſes facultés phyſiques. Ces membres que tu briſes avec tant de férocité, ne peuvent-ils plus ſoulever ces fardeaux, deſſécher ces marais qui portent la contagion & la mort autour d'eux, & qui la donnent à preſque toutes ces victimes infortunées, que l'intérêt, le beſoin forcent de ſe dévouer au ſalut public ? Si c'eſt ſon trépas que tu demandes, tu ſeras bientôt content; ſois sûr qu'il n'y vivra pas long-temps. Que de maux, que de crimes eût épargné celui qui eût étouffé en naiſſant le monſtre qui le premier a conçu ton idée farouche! Eh! périſſent à jamais les tyrans qui l'ont dictée, les barbares qui l'ont écrite, à qui la plume n'eſt pas tombée des mains!... Périſſent les cruels rédacteurs des codes de ſang! que la flamme dévore ce fatras malheureux & incohérent des Loix criminelles & ſanglantes! qu'il ne reſte que le ſouvenir affreux de tant d'oppreſſions, de tant de calamités, que les pleurs de tous les ſiècles ne pourront jamais effacer!

Tout homme qui bleſſe volontairement la ſociété eſt un fou, un mauvais calculateur. Ce principe doit s'appliquer à tous les crimes; ſa volonté ne peut être de punir de mort un inſenſé. Développons ce principe, qui, pour paraître nouveau, n'en eſt pas moins vrai. Je paſſe à travers mille échaffauds, & j'arrive à l'aſſaſſin. Je l'interroge, je lui demande : Barbare, qui t'a mis à la main un poignard?— Le déſir d'être heureux. Si c'eſt le déſir du bonheur qui l'a rendu cruel & infortuné, qui l'a rendu aveugle ſur les moyens de le devenir, que doit faire la ſociété ou ceux qui s'arrogent ſon pouvoir? Lui arracher le poignard dont il l'a bleſſée, le charger de chaînes comme un fou atroce, eſt le droit unique; le reſte eſt l'effet d'un abus énorme & de la force. On doit lui calculer comment il aurait pu être heureux par le travail, en conſervant ſa ſanté, l'eſtime publique, &c. au lieu d'être en horreur à la ſociété; au lieu du malheur de l'exécration dont il eſt chargé, & qui en eſt la ſuite; au lieu de traîner une vie flétrie & cent fois pire que la mort, &c. &c. Ceci n'eſt qu'un aperçu rapide; on ſe réſerve de faire valoir dans la ſuite ces principes inconteſtables, & appuyés ſur la raiſon, la morale, & l'humanité.

Rendez du moins les ſupplices utiles; vous rendrez aux beſoins de la ſociété des membres qu'ils lui enlèvent. Il eſt prouvé que les crimes furent plus rares dans un grand Empire, où l'humanité abolit jadis la peine de mort. Un hardi ſcélérat calcule ainſi : je ſuis dégoûté de traîner une vie malheureuſe, courons au bonheur ou au trépas; ſi je manque mon coup, je vais à l'échaffaud; c'eſt un moment; ſi je réuſſis, je ſuis heureux le reſte de mes jours. Et il pille, il vole, il aſſaſſine. Il ſe détermine à mourir; mais non à traîner une vie dont on aggraverait le malheur ſuivant le délit. Les travaux publics, tels que les grands chemins, l'applaniſſement des collines, les lits nouveaux de fleuves artificiels, qui porteraient l'abondance & le commerce dans des Provinces que ſon défaut a frappées d'une inertie fatale, feraient pour ceux qui auraient bleffé médiocrement la fociété ; ils refpireraient encore l'air des vivans. Les mines de plomb, de mercure, de cuivre, fi funeftes à des générations qu'on y engloutit, feraient exploitées par les grands fcélérats. On les fortirait à des jours périodiques ; l'affaffin prémédité porterait fur fon front, fillonné par la flamme & le fer, la marque de fon crime, &c. &c.

Ce ferait le moyen de faire rentrer dans la fociété un membre qui lui eft exécrable ; le bourreau ne ferait alors que le jufte exécuteur des vengeances qu'elle tirerait de ceux qui l'auraient bleffée ; on ne verrait plus en lui le meurtrier public, l'abominable mercenaire, qui trafique de fa barbarie. Les mœurs s'adouciraient parmi les Sbyres, les Alguazils, les Geoliers, qui penfent qu'il n'y a que le fang des coupables qui puiffent réparer leurs délits : ce changement heureux ferait une révolution dans les idées du peuple, qui, quoique

quoique léger & frivole, eſt ſouvent atroce par principe, & par les conſéquences cruelles dont on égare ſa raiſon, & qui arrachent l'humanité de ſon ame. Plus les mœurs ſont douces, plus il y a de vertus.

Ne pourrait-on pas dans un vaſte auditoire calculer, prêcher la morale aux malheureux qu'on laiſſe dans une ignorance funeſte à eux-mêmes, & fatale aux autres? On aurait peu de peine à leur prouver que le malheur ſuit le crime; leur état déplorable leur a ôté le bandeau que des paſſions mal dirigées leur avait mis devant les yeux. Ce devrait être l'emploi d'un homme ſenſible, d'un ſage qui ſouffrirait de leurs tourmens, les plaindrait, leur montrerait d'un côté ce qu'ils ont perdu, & la ſituation malheureuſe où leurs forfaits les ont réduits. Il eſt des fautes médiocres pour leſquelles des exhortations, reçues dans l'appareil du crime, ſuffiraient. Un homme obligé d'aller, chargé de fers, à ces prédications, ferait plus ou moins déshonoré, suivant le nombre de fois qu'il y ferait conduit, & on ferait averti de s'en défier; les scélérats effrontés, les brigands déterminés, les assassins, iraient dans un appareil plus épouvantable; & le bourreau les replongerait dans les flancs de la terre, après avoir été promenés dans les lieux les plus fréquentés, avec la marque fatale de leur crime.

On ne prétend pas assigner ici le châtiment que mérite chaque attentat; mais on voudrait arrêter la mort. On va calculer ce que perdent les Empires par le trépas violent qu'on fait souffrir aux criminels; par la détention de tant de malheureux qui l'invoquent, ou la liberté, qui ne produisent rien, & sont dans la classe onéreuse. Ne parlons que de l'Europe, & posons, par un calcul bien modéré, 50 mille hommes par année, tant roués, brûlés, pendus, que détenus dans les prisons. Le travail d'un prisonnier, de chaque homme, estimé à vingt sols par jour, leur dépense déduite, donne plus de dix-huit millions en travaux, ce qui fait une perte réelle, & non fictive, que rien ne peut réparer ; ajoutons ce qu'un prisonnier coûte, tant en nourriture, Geoliers, logemens, au moins dix sous par jour, on aura par année neuf millions, qui, joints aux 18 que produirait leur travail, en font vingt-sept de perdus pour jamais. Si le nombre des malheureux condamnés & détenus est double, comme tout l'annonce, il faut, au-lieu de vingt-sept millions, en employer cinquante-quatre ; & si chaque prisonnier coûte vingt sous, cela sera soixante-trois millions ; & si, compris les frais des bourreaux, des archers, des gardes de toute espèce, il coûte au moins quarante sous, cela sera plus de cent vingt-six millions par année de perte absolue, & qu'on gagnerait par l'utilité des supplices, par le travail forcé des criminels, dont les talens quelconques sont perdus avant comme après qu'ils ſont condamnés.

En réduiſant, par un terme moyen, la vie de chaque homme à dix années, l'Europe aura perdu, au bout de ces dix années, plus d'un milliard, dont rien ne peut l'indemniſer, que rien ne peut lui rendre. Cette perte eſt énorme, mais n'en eſt pas moins réelle.

Cruel, inſenſé, tu murmures! tu viens hériſſé d'autorités, de citations barbares: enflé de ton érudition gothique, tout fier de ta démence, tu t'avances, & tu dis: ce calcul eſt erroné, on ne peut dire au juſte combien les priſons recèlent de criminels, & ils n'y reſtent pas dix ans. Je le ſais comme toi. Si je me trompe, ce n'eſt pas à ton avantage. J'en ai trop accordé en évaluant la perte réelle que ſouffre l'Europe en dix ans, à un milliard. Il ne s'agit pas même de lui aſſigner un terme en intenſité & en durée, puiſque les ſupplices & la mort des coupables n'en ont point encore. Avocat de la deſtruction, à quel poids peseras-tu la vie de l'homme? Je pose ses jours, son sang, le tien même, dans un des bassins de ta sinistre balance, qu'oseras-tu mettre dans l'autre? En ne fixant la perte mortelle qu'à dix mille par année, as-tu réfléchi que cela fait en dix ans cent mille hommes, dont le sang crie & t'accuse cent mille malheureux qui s'élèvent contre toi, que la nature te redemande? Réponds : & si tu veux qu'on t'écoute, abjure, démens tes principes destructeurs. Ces dix années, & mille sont révolues, depuis qu'on égorge avec le glaive des Loix. Adoucis, fais donc briser les fers des misérables; rends leur détention, leurs supplices utiles. Abats les gibets, renverse les échaffauds, éteins les bûchers pour jamais, alors l'humanité t'avouera. Mais dans cette calamité publique, dans cette anarchie, cette cruauté permanente, & dont tu te fais l'indigne apôtre, je ne peux te voir, t'entendre sans frissonner. Un coupable succède au coupable, un chaînon malheureux se détache, un autre le remplace; & le bourreau, qui tient le bout de la chaîne odieuse & sanglante, n'est jamais assouvi. C'est une effusion, une perte continuelle des jours, des travaux, du sang de l'homme; la dernière heure de dix, de vingt, de trente années, comme la première, est marquée par un assassinat; le sang coule depuis de longues périodes, depuis des révolutions de siècles; il est temps que la mort s'arrête; il est temps qu'un génie, qu'un Monarque bienfaisant lui impose des Loix. J'ouvre à regret nos funestes annales; je n'entends que des cris. Je vois dans des temps à jamais déplorables, les prisons regorger de malheureux; je ne m'échappe qu'à travers leurs cadavres sanglans; je ne marche que sur des brandons de bûchers, sur des débris d'échaffauds; je ne foule que des ossemens humains, & je tombe dans une mélancolie, dans une méditation profonde. Je pleure sur le ſort de l'homme...... Je m'arrête; je ne veux pas affliger les ames ſenſibles, je ne veux que faire rentrer en eux-mêmes ces êtres ſi frivoles & ſi cruels. Qu'ils ceſſent de m'objecter que ces ſcènes ſanglantes ſervent d'exemple. Préjugé de la barbarie, il n'y a que les hommes de fer qui peuvent voir ſans frémir, qui peuvent ſupporter le ſpectacle de leur ſemblable, mourant dans des tourmens affreux, qui vont à l'échaffaud; le ſage qui s'en éloigne, les yeux baignés de pleurs, n'eſt pas né pour les forfaits. L'exemple eſt nul, ou ne fait qu'endurcir les cœurs, les préparer aux grands crimes. Le ſcélérat qui porte en ſoi le germe des attentats, & à qui il ſuffit d'une étincelle pour allumer un incendie fatal, revient de ces horreurs publiques; l'ame exaltée, remuée, & non attendrie, il calcule ainſi : Si j'avais, dit-il, été à ſa place, je m'y ſerais pris autrement. Il y rêve. Cette funeſte idée l'obsède; l'occaſion ſe préſente; il la saisir, & devient un scélérat. Voilà la marche d'un cœur emporté, sans boussole & sans guide; voilà ce qui le plonge dans le crime & dans les fers. On l'arrachera bientôt, je ne le sais que trop, à ses lambeaux, à ses ténèbres, aux chaînes dont il est écrasé. Je veux avant qu'on l'immole, je veux pénétrer dans le donjon noir, antique & solitaire, qui a vu tant de malheureux; je veux percer la voûte où l'homme accable l'homme. J'y descends. Hélas! je le vois étendu sur la terre, presque sans vêtemens; une stupeur horrible, la pâleur sur le front! seul avec l'effroi.... Voilà donc l'image des Dieux ... Hélas! il ne tarde pas à entendre le son lugubre, le cliquetis effrayant des clefs du Geolier impitoyable. Il l'entend, reconnaît ses pas; mais un double bruit a troublé le noir repos de ces cintres fatigués de gémissemens. Chaque son de l'écho funeste frappe sur son cœur! Il se soulève; regarde les ténèbres, écoute.... Le bruit sourd augmente, on approche! On ouvre...... L'horreur le ſaiſit..... Le bourreau paraît; ſes cheveux ſe dreſſent.... Il s'en empare, & n'abandonne ſa proie qu'à la mort. Cette ſcène exécrable s'efface; une pareille lui ſuccède, paſſe encore & ſe renouvelle tous les jours! Depuis que l'intérêt de l'Etat a été oublié, la morale ſoumiſe au délire, ſa baſe éternelle abandonnée pour des idées fantaſtiques, la nature méconnue, la raiſon tyranniſée, l'humanité foulée aux pieds, & les droits, le ſang du malheureux comptés pour rien.

L'intérêt, la raiſon, l'humanité, n'ont jamais été plus d'accord. Que ceux qui ſont à la tête du Gouvernement mériteraient du genre humain, s'ils faiſaient une réforme néceſſaire dans les Loix civiles, & anéantiſſaient ces codes de ſang qui font friſſonner les Citoyens honnêtes & ſenſibles, & n'arrêtent pas les ſcélérats. Que d'iniquités obſcures & barbares ſont commiſes! que de malheureux ſans ſoutien ont péri, & qui n'avaient d'autre crime, que de ne pouvoir débarraſſer leur innocence des piéges qu'on lui avait tendus avec une coupable adreſſe ! Il eſt trop aiſé de perdre l'innocence ; mais une fois abattue, il faut un bras d'airain pour la relever.

Une petite Ville de Normandie, plus connue par l'aſtuce de ſes habitans, & par un fameux fauſſaire du ſiècle dernier, que par ſes Solons ; la patrie, en un mot, du Jéſuite le Tellier, auſſi mépriſable que déteſté : cette Ville obſcure a un petit Bailliage paſſablement cruel. Ce fut lui qui condamna jadis un malheureux à être pendu *par proviſion ;* & il le fut, *ſauf à lui à ſe pourvoir.* L'atrocité & le ridicule s'uniſſent. Ce Tribunal de ſang a depuis condamné à la roue deux jeunes gens honnêtes, convaincus, diſait-il, d'un aſſaſſinat prémédité ; touché du ſort de ces infortunés, j'ai lu & diſcuté l'information ; il faut être atteint d'une démence atroce, pour ne pas voir qu'un de ces deux jeunes gens s'eſt battu (*) *en brave*, avec le téméraire que ſes propres fureurs ont conduit à la mort. On n'a pu encore parvenir à faire reviſer le procès, parce qu'ils ſont jugés par contumace; on leur refuſe le droit de venger leur honneur, de défendre leur fortune & leur vie, qu'ils ne ſe mettent entre les mains de leurs bourreaux! Quel délire, grands Dieux! S'ils ſont coupables, pourront-ils ſe juſtifier abſens comme préſens? Ne paraît-il pas, au contraire, qu'ils pourraient plutôt y parvenir, s'ils étaient ſur les lieux pour ſe défendre! Ah! fuſſai-je accuſé d'un crime phyſiquement impoſſible, je mettrais toujours un eſpace immenſe entre moi & des Juges qui peuvent m'arracher la vie.

Tout eſt plein d'oppreſſions obſcures &

(*) Comme le mourant l'a répété vingt fois : quelle ſtupidité cruelle a donc pu aveugler les Juges!

inconnues, mais dont les hommes ne ſont pas moins la proie.

Un ſcélérat de Nantes, nommé Etienne B.... a oſé, dans un délire produit par l'effet du mercure qui lui portait au cerveau, accuſer ſon Médecin d'avoir voulu l'empoiſonner. Sur ſes clameurs, on arrête cet infortuné. On fait ſigner la délation au débauché abſurde & cruel. On informe; on ne prouve rien: & cependant ce malheureux, accuſé d'un crime qui l'eût conduit au bûcher, eſt envoyé à Bicêtre. Cet homme contaminé, gangrené juſqu'aux os, avait déjà donné à Saint-Domingue des marques de folie & de férocité. Il rêvait à chaque inſtant qu'on voulait l'empoiſonner. Il avait indignement outragé la nature ſur un pareil ſoupçon; il avait, ce qu'on appelle en ſtyle abominable des Colonies, fait *tailler* le chef de ſes Nègres, & l'avait après fait jeter dans un four, tout ſanglant & reſpirant encore... Des pleurs d'indignation tombent des yeux...

Quoi ! c'est sur la délation de ce monstre, qui eût dû être repoussé avec horreur du sanctuaire de la Justice, dont le témoignage, en matière civile même, eût dû être réputé infâme, & rejeté à raison de sa barbarie, qu'on s'est porté à briser tous les liens qui unissaient un homme honnête à la société ! Ah ! si les Juges l'eussent connu, sur le défaut de preuves, ils l'auraient condamné, non pas au supplice, où il voulait conduire le malheureux qui gémit encore dans les fers, car la peine du *Talion* est un délire ; mais ils l'eussent envoyé à Bicêtre expier ses crimes, & fait payer de sa fortune les peines inouies qu'il lui cause, les dommages irréparables qu'il lui a faits. Son père, sa mère, vieillards infortunés, couple à jamais déplorable, & peut-être trop sensible à l'honneur, sont morts de chagrin, de voir leur fils innocent se débattre dans la chaîne du crime. Ils sont morts.... & ce monstre respire....

Je parcours, en pleurant, les regiſtres des Chambres criminelles; je vois plus de malheureux que de coupables. Je vois ſur des ſuſpicions, des apparences perfides, des infortunés aller aux bûchers, aux échaffauds, en atteſtant le Ciel de leur innocence...... Ah! grands Dieux, le recueil noir & fatal me tombe des mains!... Je me frappe la tête & le cœur..... & je m'écrie : ô Magiſtrats révérés! ô ſages Miniſtres! ô Roi ſi bon! un ſeul acte de votre volonté ſuffit pour détruire ces Loix, dont les fantômes ſanglans arrachent des pleurs au ſage, l'épouvantent ſans mettre un frein au crime. Ordonnez, & un nouveau Code va paraître. On ne conſervera de l'ancien, que l'horreur qu'il inſpire. On ne me ſoupçonnera pas d'aimer la ſcélérateſſe, de favoriſer les attentats; mais l'humanité m'intéreſſe; je ſouffre, je me ſens bleſſer dans mon ſemblable. Ses cris m'arrachent des cris; ſes pleurs m'en font verſer. Je m'unis à tout ce qui reſpire. Je détourne mes pas de l'inſecte qui rampe. Je me dis, la vie doit lui être chère.... Et pourquoi la lui ôter? Il ne peut en rien déranger mon bonheur. Puiſſent ces réflexions abrégées n'être pas inutiles comme les ſupplices! puiſſent-elles faire méditer profondément & plus amplement de grandes ames! les faire contribuer à l'adouciſſement des malheurs de toute eſpèce qui écraſent l'humanité! Et alors je dirai, ô homme! meurs content; rends à la nature ton exiſtence paſſagère, dont nul être ne peut ſe plaindre, & eſpère d'être regretté.

ENTRETIEN DU PHILOSOPHE CRITON, DISCIPLE DE SOCRATE, ET DE BARBARAKINQUORIX, L'UN DES CINQ CENTS D'ATHÈNES.

CRITON.

C'EST donc vous qui avez envoyé la coupe empoisonnée au divin Socrate ; c'est donc votre voix qui a décidé la pluralité pour la mort ?

BARBARAKINQUORIX.

Oui, sans doute. J'ai délivré Athènes de cet éternel disputeur, qui avait dit à Anitus qu'il était un rusé fripon ; tout le monde le sait ;

ſait ; mais il ne fallait pas ſe brouiller avec un grand Prêtre de Cérès : j'en ſuis pourtant fâché.

CRITON.

Votre repentir tardif, des larmes éternelles, tout le ſang de l'Aréopage, ne ſaurait payer la mort de ce grand homme. Ah ! dans des temps plus heureux on n'accordait le droit ſi beau de juger ſes ſemblables, de prononcer ſur les intérêts de ſes concitoyens, qu'à des ſages qui avaient mérité de la patrie, qui étaient proclamés par la voix publique, & dont le jugement, la penſée était mûrie par la réflexion & l'étude.

BARBARAKINQUORIX.

Tout eſt heureuſement changé. J'ai obtenu des lettres du dépôt des archives, qui me diſpenſent d'étudier & de réfléchir : & depuis trois mois que je ſuis en exercice, j'ai déjà fait parler de moi.

CRITON.

Comment ?

BARBARAKINQUORIX.

(*) J'ai déja fait donner la torture à trois ou quatre ſcélérats qui ne voulaient pas avouer leur crime, & dont j'ai pourtant tiré la vérité. C'eſt ma voix qui en a fait pendre, brûler, rouer trois autres, qui, ſans moi, l'échappaient; & vous jugez quel dommage!

CRITON.

Ah! grands Dieux !

BARBARAKINQUORIX.

Qu'avez-vous donc ?

(*) Quelques Savans verſés dans l'antiquité, prétendent que la torture n'a été inventée que plus de trois mille ans après par des voleurs de grand chemin; je ſuis entiérement de leur avis: & ce paſſage nous paraît viſiblement altéré, ainſi que pluſieurs autres.

CRITON.

Peu de chose; mais quel âge avez-vous?

BARBARAKINQUORIX.

Trente ans.

CRITON.

Quel homme! à trente ans avoir arraché la vie à tant de malheureux!

BARBARAKINQUORIX.

A des hommes perdus de crimes.

CRITON.

Qu'avaient-ils fait?

BARBARAKINQUORIX.

Celui que j'ai fait pendre avait volé un septier de blé, pour sauver la vie à sa femme & à ses enfans pendant les fêtes de Cérès, qu'il n'avait pu, à la vérité, aller aux travaux publics. Ce qui faisait pencher pour la douceur. Mais j'observai que la Loi était formelle, qu'il s'était servi de son métier pour déranger le seuil de la porte du magasin de Triptolême; l'Aréopage se rendit, & il fut pendu sans miséricorde.

CRITON.

La vie, le travail, pendant vingt ans, au moins, de ce malheureux, le pain que vous ravissez à sa femme & à ses enfans, sont donc dans la même balance qu'un peu d'alimens de première nécessité! Et vous avez dormi d'un sommeil tranquille?

BARBARAKINQUORIX.

Qui pourrait m'en avoir empêché?

CRITON.

Rien. Et celui que vous avez fait jeter dans les flammes?

BARBARAKINQUORIX.

Ah! c'était un hardi ſcélérat. Il avait aſſaſſiné ſa mère, dont juſque-là il avait eu un ſoin religieux. Celui que j'ai fait expirer ſur la roue, était un monſtre faible de corps, uſé par les années & les travaux; mais d'une tête forte, & d'une ame atroce. Un ſoir, oubliant la tendreſſe paternelle qu'il avait toujours montrée, il pendit lui ſeul, à ſoixante-huit ans, ſon fils, qui n'en avait que vingt-deux.

CRITON.

Monſtre naiſſant, ſongez-vous que plus les crimes ſont atroces, & contre la nature, plus ils ſont incroyables, & plus on doit être difficile ſur les preuves!

BARBARAKINQUORIX.

Nous n'avions pas, à la vérité, un témoin

de visu, & les ſcélérats ont atteſté le Ciel de leur innocence juſqu'au dernier ſoupir ; mais nous avions cent demi-preuves, qui, jointes enſemble, faiſaient un corps de preuve complet.

CRITON.

Mais, Juge abominable, eſt-il des demi-vérités ?

BARBARAKINQUORIX.

Qu'entendez-vous ?

CRITON.

J'entends qu'une choſe eſt vraie ou fauſſe ſans reſtriction.

BARBARAKINQUORIX.

Eh bien, qu'eſt-ce que cela veut dire ?

CRITON.

Cela veut dire que cent demi-preuves ne

peuvent faire que cent demi-vérités, & par conséquent rien.

BARBARAKINQUORIX.

Comment rien! il n'en faut que deux pour faire une vérité; par conséquent quatre suffisaient, & nous en avions cent.

CRITON.

Qu'entendez-vous par demi-preuves?

BARBARAKINQUORIX.

Mais..... j'entends une forte suspicion, appuyée sur des probabilités.

CRITON.

Des probabilités ne font donc qu'un soupçon, ce soupçon n'est jamais qu'un doute. Ce dont on doute peut ne pas être. Eh! c'est sur ce qui peut ne pas exister, que vous condamnez à la mort! Homme cruel & sans dialectique, condamneriez-vous quelqu'un à payer une ſomme à un chicaneur, qui ne vous offrirait, pour tous titres, que des ſoupçons ?

BARBARAKINQUORIX.

Non, ſans doute.

CRITON.

Tigre impitoyable, vous craignez, à juſte titre, d'enlever la bourſe de l'homme honnête ; & quand il s'agit de l'honneur, de la vie, vous ne balancez pas. Soyez du moins conſéquent & barbare ; ne craignez plus d'outrager la nature ; rempliſſez l'Univers d'injuſtices comme d'atrocités : qui l'a couvert de barbaries, peut ſans ſcrupules ſe noircir d'iniquités : qui envoie, ſans pâlir, des malheureux aux gibets, ſur la roue & dans les flammes, peut, d'un œil féroce & tranquille, les contempler dans la misère.

BARBARAKINQUORIX.

Vous êtes trop indulgent.

CRITON.

Je ne ſuis que juſte ; je ſuis humain, je ſuis homme. Je hais la ſcélérateſſe autant que vous ; mais je ſuis difficile ſur les preuves. Je ne veux pas, qu'aſſis tranquillement ſur un Tribunal, on ſe joue de la vie & de l'honneur. Je condamne ſans retour la peine de mort. Je veux qu'on s'occupe du ſoin de rendre les hommes meilleurs ; qu'on ne détruiſe pas les criminels, mais qu'on les empêche de l'être ; qu'on rende les ſupplices utiles ; que les ſcélérats ſoient des exemples du malheur qui ſuit le crime ; qu'ils ſoient des leçons vivantes de morale. L'échaffaud ne répare pas l'attentat du malheureux qu'il y conduit.

BARBARAKINQUORIX.

Comment ! je n'ai pas le droit de condamner à mort ?

CRITON.

Qui peut vous l'avoir donné ?

BARBARAKINQUORIX.

Cinquante mille dragmes que m'a coûté ma charge.

CRITON.

Quoi ! cinquante mille dragmes vous donnent le pouvoir de l'Être ſuprême ? Quelques portions arrondies d'un métal que le haſard vous accorde, qui n'ont qu'une valeur idéale & fictive, vous donnent le droit de la nature ? Quel eſt donc le titre bizarre qui vous autoriſe ? Quel eſt donc ce ſimulacre, ce fantôme effrayant ? Vous a-t-il donné quelques qualités morales ou phyſiques ? A-t-il ajouté à votre existence quelque privilège, une prérogative? Avez-vous monté d'un anneau dans la chaîne des êtres? Vous a-t-il donné un sens nouveau, seulement un atôme? La nature compose & détruit; c'est la Loi nécessaire & fatale qu'elle impose. Eh! il faut bien que vous hâtiez son cours! Vous a-t-elle cédé ce droit inaliénable? Montrez-moi l'ordre; & si vous ne l'avez pas, comment, vous, soumis aux mêmes Loix que les êtres qui vous environnent, vous, faible & borné, vous, atôme d'un moment, vous enfin, qui naissez, souffrez & mourrez comme eux, comment pouvez-vous, de sang-froid, ordonner les tourmens & la mort?

BARBARAKINQUORIX.

Mais je suis l'organe des Loix, & les Loix le sont de la volonté publique.

CRITON.

Oui, quand elles ont été toutes formées par

des Sages aſſemblés; mais des Loix cruelles & antiques, faites dans des ſiècles de barbarie, étayées dans des temps où les droits de l'homme étaient oubliés, méconnus, foulés aux pieds, contre leſquelles réclament la raiſon. L'humanité, l'intérêt de l'Etat, & la nature, peuvent-elles être l'expreſſion de ma volonté, de celle de mes concitoyens? Non, ſans doute. Quoi, homme faible, inconſéquent & barbare, vous invoquez la ſociété que vous écraſez! Je l'appelle contre vous à mon tour. Vous oſez vous dire l'interprète, l'exécuteur de ſes volontés, quand votre bras m'aſſaſſine, quand tout l'Univers vous dément? Où eſt l'accord étrange qui vous unit? Eſt-ce le ſang des malheureux que vous immolez, qui le cimente? Eſt-ce la vénalité de vos titres qui les rend plus ſacrés? Quand ils ne ſeront plus vendus à l'enchère, vous pourrez peut-être dire, que vos droits ſont l'expreſſion de la volonté publique; mais quand vous trafiquez à l'encan du pouvoir légiſlatif, pouvez-vous prétendre que ce pouvoir, dont vous abuſez, eſt l'expreſſion de la voix publique, qui réclame contre cet abus énorme? La ſociété ne vous a confié que des chaînes pour en charger les coupables; mais elle ne vous a pas armé d'un poignard pour l'en frapper. Aggravez les peines ſuivant les délits; mais la mort eſt le terme fatal que la ſociété, que l'Être ſuprême vous impoſe. Tout vous crie, rendez les ſupplices utiles; la mort des criminels ne peut réparer leur crime. Quand vous ne m'objectez que les préjugés de la barbarie, vous êtes écraſé du poids de la raiſon, de la nature & de l'humanité.

BARBARAKINQUORIX.

Vous allez trop loin, je vous en avertis.

CRITON.

Je m'arrêterai quand vous ferez changé. Je

marcherai d'un pas intrépide entre la vérité & l'humanité : & s'il eſt des tyrans, que leur aſpect auguſte faſſe pâlir, qu'ils les méconnaiſſent, les écraſent & m'immolent : ma cauſe eſt juſte, & je me ſacrifie.

POST-SCRIPT

Trouvé à la fin du Commentaire du Père PARENNIN.

JE déclare formellement n'avoir eu en vue, dans ma traduction du Poëme de Confucius, dans mon Commentaire & les Dialogues qui ſont à la fin de chaque partie, que les hommes qui ont déshonoré le Sacerdoce, la Magiſtrature; les uns ſouvent par un fanatiſme atroce & ſanguinaire, & toujours par un zéle *qui n'était pas ſélon la ſcience*; les autres, par une barbarie que les Loix mêmes & les vrais Magiſtrats déſapprouvent. Comme cet Ouvrage ne doit paraître qu'après ma mort, je le mets d'avance ſous leur protection ſacrée. J'ai cru ſervir le Gouvernement & l'humanité. Si j'arrête ſeulement une fois la main, prête à ſigner une oppreſſion, une iniquité cruelle, je ſerai payé de mon travail : & malheur à qui pourrait s'en offenſer !

FIN.

www.ingramcontent.com/pod-product-compliance
Ingram Content Group UK Ltd.
Pitfield, Milton Keynes, MK11 3LW, UK
UKHW020915180726
13838UKWH00002B/567

9 782329 44408